俞平

擅長料理的大叔，通常穿著藍色廚師服與短褲。
獨自一人開著一間關東煮食堂，飼養一隻咖啡色的野貓，
沉默寡言，製作料理時一絲不苟，
只有聽到顧客的稱讚會嘴角上揚幾公分，推測是開心的意思。
必備隨身物：貼滿案主照片、記事、貼紙的線圈筆記本，
被戲稱爲貼紙收集冊。

阿書

天眞浪漫的高中生女鬼，
綁著雙馬尾的髮型，穿著短袖上衣、紅色格子裙，
有點沒自信，偶爾會露出茫然的樣子。
興趣跟專長都是看書，只要有文字在面前，
就會無法自拔的沉迷其中。

三日月

三日月

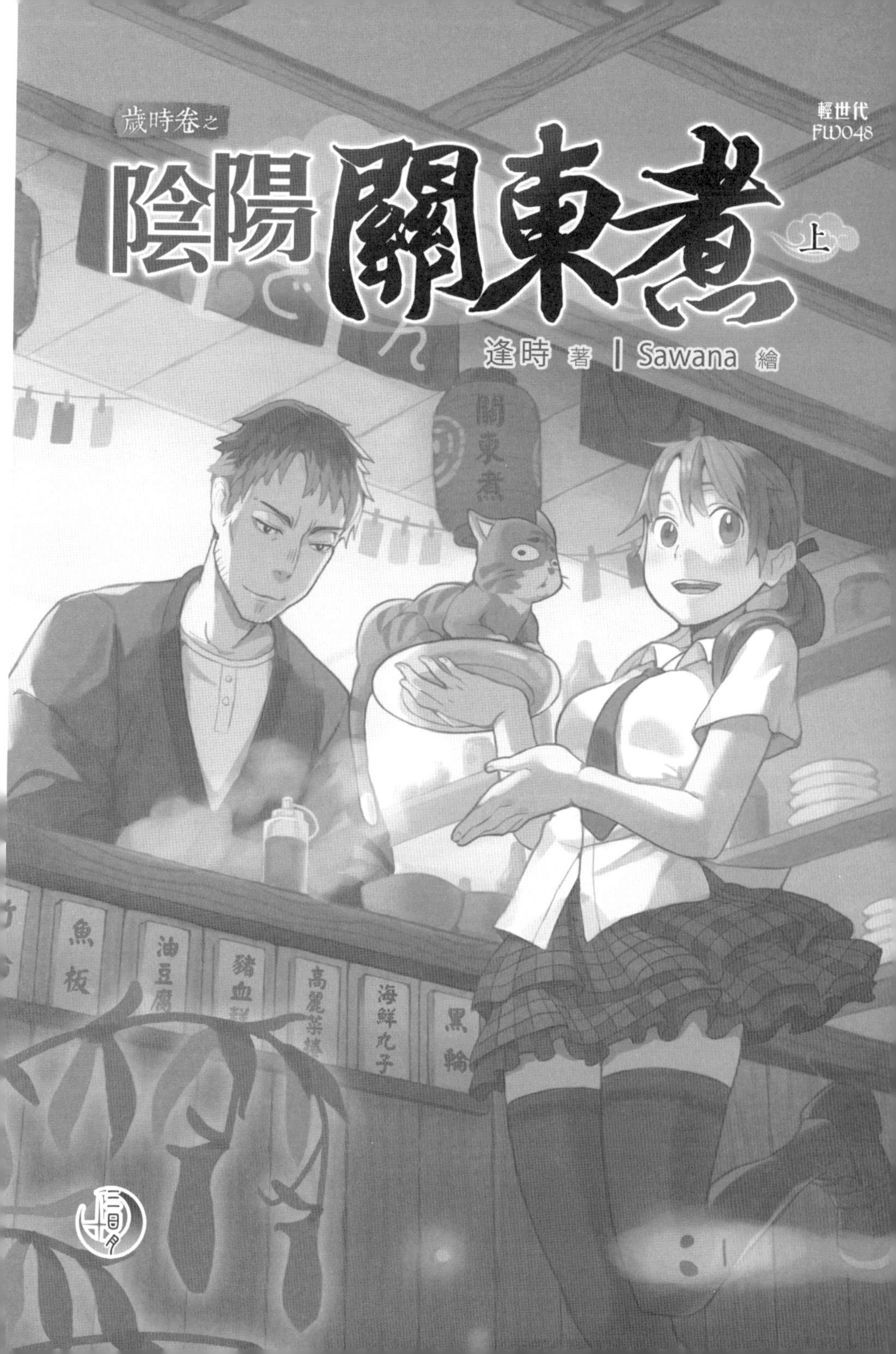
歲時卷之
陰陽關東煮
上
逢時 著 | Sawana 繪
輕世代
FW048
關東煮
魚板
油豆腐
豬血糕
高麗菜捲
海鮮丸子
黑輪

歲時卷之 陰陽關東煮 上

楔子

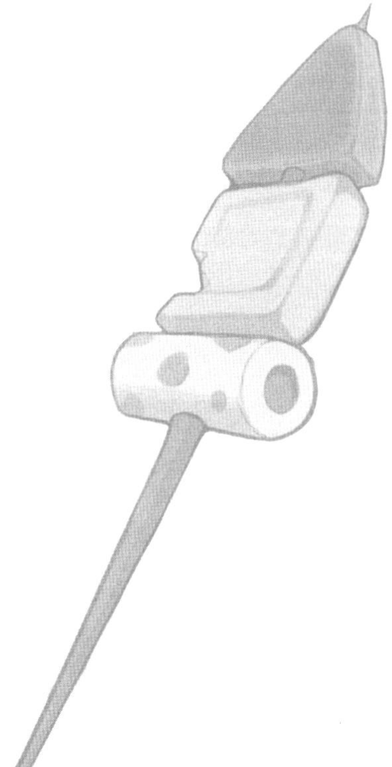

這是一間日式食堂，空間雖小，勝在乾淨整齊。

料理臺前的師傅，一勺、一勺的攪拌著高湯，熬煮著關東煮中，那最為關鍵的湯頭，大鍋子內的漩渦，隨著湯勺一圈圈打轉。

幾個老鬼占據在暖呼呼的爐子前，手上一杯又一杯不停歇，喝得透明的靈體都泛起了微紅的光澤，張口嚷嚷，「俞平師傅，我們什麼時候才能喝到你那一瓶珍藏梅子酒啊？」

被喚作俞平的廚師，頭也不抬，湯勺一舀就是一大瓢熱湯，按次添進這一群老鬼的碗內，還細心的切了蘿蔔跟竹輪添入，淡淡的回話，「等你們誰甘願了，願意讓我送上路的時候。」

老鬼們頓時大笑，其中一個歐吉桑摸摸光潔的頭頂，醉醺醺地搖頭晃腦，「再等一段時間，我的小孫子過些日子要出生了。」他拿起酒杯，咕嚕咕嚕一仰而盡，「再給些時間，行吧？」

俞平挑眉，手下不停，繼續切著一塊塊昆布。「這都你第十二個孫子了。」

「總不能厚此薄彼嘛！」歐吉桑笑著擠眉弄眼。

「人死不中留，早晚留成愁。」俞平看了他一眼。

老鬼們哄堂大笑，「知道了知道了，真的想走的時候，會通知你一聲的。」

他們喝乾了杯子裡的最後一滴酒，吸了蘿蔔的氣味，紛紛搖搖擺擺的往上竄，撞著了屋頂的結界，又摸著頭傻笑，「不好意思啊，走錯了走錯了。」再接力尋著窗子飄飛出去。

俞平搖搖頭失笑，這世間每個人總有一些自己的難處，活得滋潤的、活得蕭條的，總是有些不甘跟怨恨，還有纏繞不休的羈絆。

但是等到時間到了，終於要離了肉體時，卻都想著同一件事情——再多逗留一下這繁華又汙濁的人間，再看一眼那珠光寶氣的夜景，再握一次親人的手。

但是人世間可不是只有人類居住啊……

能走的時候不走，非得要等到走不掉的時候才後悔嗎？

俞平試了一口湯頭，滋味甘甜正好。他慢悠悠的走到食堂外頭，懷中的筆記本隱隱震動。

他揚眉，把筆記本掏出來，上頭的紙張彷彿有自主意識般，無風自動，不斷翻飛。最後定在最後一頁空白之處，一名老婦人擒著笑的面容緩緩浮現，旁邊的文字也隨之補上。

下一個任務來了。

俞平就著食堂門口的燈籠，開始慢慢細讀。

這些讓他們離不開人世的執念，就讓自己來替他們消滅吧，放下了心中的眷念，安安穩穩的前往下一世，才是大道運轉不息的根本。

有路堪走直需走，莫待無路空尋門。

第一章　熱湯的滋味

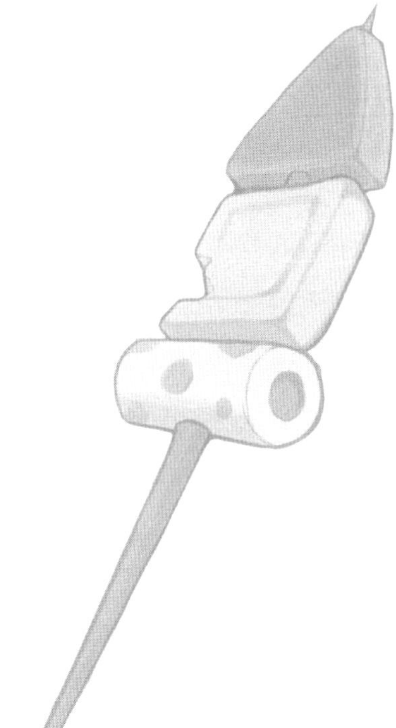

一名大叔穿著一身日式的藍色廚師服，下半身穿著一條邋遢的牛仔短褲，邊緣還有著藍色的鬚鬚邊，腿毛跟著鬚鬚邊一起張揚。

他腳踩著木屐，啪啦啪地在木造的老宅之間前進。

他一張國字大臉，濃眉豎目不苟言笑，可以嚇哭未足年的小兒，不過他現在心情正好，嘴裡吹著輕快的口哨，手上提著一袋活跳跳的海鮮，左搖右擺，來到了其中一間老宅的門口。

拉開了木製的拉門之後，門上一陣風鈴聲清脆的響起，裡頭一雙翠綠色的圓滾滾雙眼，隨著大叔移動的身影，來回監視。

「今天這麼晚來！你這個好吃懶作的人類，我都要餓死了！」

綠眼珠的主人，頭上的耳朵小巧的站立著，牠踮起了後腳，往前深深的伸了一個懶腰，背後的尾巴輕輕搖擺，有節奏的打在桌面上頭，在空氣中揚起了微微的灰塵。

只是這可愛的模樣，張口卻是一連串抱怨。「都幾點了？人類真是不守時的生物啊！就算發明了時鐘我看也沒有多大用處，嘖嘖嘖。」

「才遲到五分鐘。而且好吃懶作的人類正在幫你剝蝦殼。」

大叔不為所動，只看了對方一眼，在光潔無瑕的料理臺上拿起了整套的刀具，仔細的替活蝦們去頭去尾，清除泥腸。

每剝好一隻，粉白色的蝦肉，就會緩緩落入水晶碟子當中。形狀漂亮，看著令人食指大動。

溫暖的室內燈光點起之後，就能看見，這是一間小小的店面，僅能容納四桌的客人，開放式廚房的走道也只能容廚師一人走過，無法再塞進更多的服務生。

大叔身穿藍色廚師服，裡頭一件汗衫，俐落的把頭巾綁上了額頭，是標準日式打扮，他從冰櫃當中拿出了一條閃爍著橘色光芒的鮭魚肉。

大叔刀法乾脆，三兩下這條鮭魚肉就化成了片片薄如蟬翼的生魚片。

「喏。」大叔將生魚片以及粉色的蝦肉，一併放在咖啡色貓咪的身前。

咖啡色貓咪身上的條紋複雜，宛若一幅神祕的圖騰，但是在牠雜亂無章的毛髮生長之下，什麼貓膩都看不出來，牠就像一隻街口巷道隨處都可以看見的野生流浪貓。

「感謝招待，大廚麻煩再來杯熱茶。」咖啡色的貓低下頭，用舌頭優雅的捲起一片生魚片，吃相高貴，進食的速度卻飛快，風捲殘雲的掃著盤中的食物。

大叔抖了抖眉毛，青筋跳動，終究忍耐的走回料理臺前，泡起了一杯溫潤的高山青。

填飽肚子之後，貓兒滿足的舔舔前腳，梳洗完整張貓臉跟全身毛髮後，牠喵嗚一聲，跳下了黃色的木製餐桌，在整間店內來回巡視。

被喚作大廚的中年大叔名叫俞平，他接著打開了料理臺旁的布幔，一格一格的小格子，透著金屬的光澤，每一個縫隙都光亮無比。

俞平從店內的大冰箱拿出了一樣樣的食材，開始在水龍頭底下，切切洗洗著，將鮮美的大蘿蔔切成半個拳頭般的塊狀，再加入特地遠從日本進貨的昆布，最後撒入了雪花般的柴魚片。

點起瓦斯爐，火焰轟一聲的燃起，高湯正在爐子上緩緩熬煮。

因為高湯上的煙霧，室內逐漸熱了起來。

「大廚，你又忘記開招牌了。」咖啡色的貓巡邏過一圈，高高翹著如雨傘節般的條紋尾巴，走到料理臺前仰視著俞平。

「嗯，麻煩冬末了。」俞平隨手遞了一塊正在清燙的蟹肉，貓咪高高跳起，精準的叼下了蟹肉，不怕燙的三兩口就將蟹肉吞吃入腹。

「果然還是要靠我啊！」

被喚作冬末的貓，挺著微微濕潤的咖啡色鼻子，驕傲的走到門外的招牌底下，那是一顆白色的紙做大燈籠，開燈之後，就會散發出昏黃的燈光，向來來往往的過客，宣告著食堂的開張。

「這點小事情也要麻煩我，真是的。」冬末後腳一蹬，往牆壁上跳了上去，剛好落地在燈籠下方的屋簷橫梁，伸出小小的肉球，啪一聲，點開了招牌燈。

此時已經是下午四點了，天色微微昏暗，如果有過往的行人，停下來駐足一下，就可以發現這間食堂豢養著一隻，張口就能說流利的人類語言，甚至極通人性的神奇貓咪，也能有機會走進來一嘗俞平的精湛手藝。

可惜在冬季的氣溫底下，來來往往的行人，不是趕忙朝向溫暖的室內前進，就是急急忙忙地，想要回到自己的家中。

大家緊縮著脖子，雙手插在口袋中，急急趕路，沒有一個人願意停下來，看一下這間木造老宅，在傍晚時分正透著微黃燈光的小食堂。

不過大廚跟貓咪似乎都不是那麼在意，隨著俞平的動作加快，食槽旁邊的大竹簍，開始堆積了一項又一項的關東煮食材。

上面有竹輪、魚板、油豆腐、大蘿蔔、黑輪、高麗菜捲、海鮮丸子、湯豆皮捲，一時之間竟讓人眼花撩亂，數也數不清，到底俞平備了幾樣食材在這一個開口朝上打開的大竹簍裡頭。

俞平又開始哼起了歌，嘴裡亂七八糟的哼著各種小調，也不管走音與否，自顧自的在小小的料理臺上雕著一隻又一隻的紅蘿蔔兔子——利用剩餘的食材雕刻，是俞平的愛好。

兔子雕完接著是一朵朵橘色的玫瑰花，他打算燙熟了擺在盤子內裝飾。

倒是冬末聽見俞平的歌聲，「啊！」一聲的慘叫，一溜煙往室外逃跑。

牠幾下竄跳，上了食堂的二樓屋頂，找了個避風的陽臺，用前腳踩踩冰冷的石磚，縮起了後腿蹲坐下來，窩成一個母雞孵蛋的姿勢。

指針緩緩走著，今天晚上是平安夜，這樣一間小小的不起眼食堂，沒有受到太多想過節的人們注意。

夜慢慢深了，俞平不以為意，縮著手在冒著熱氣的關東煮後方，微微點頭，打著一個又一個的盹，還發出了陣歇的鼾聲。

屋頂上的貓，跟屋內的人，在寒冷的冬天內，都睡得非常和諧。

忽然店門口的拉門被橫向拉開，懸掛其上的風鈴聲清脆響起，俞平反射性的抬起頭來，看著隻身前來的客人，迅速張口說了一聲，「歡迎光臨，今天想吃點什麼？」

隻身前來的客人，是個很老的男人。他一頭斑白的頭髮，以及微微駝著的背，都再再宣告他的人生歲月，已經是沙漏中最後的一點沙子，並且正向著底部緩緩流逝。

不過客人穿著全套的絨毛西裝，內裡還襯著藍色的羊毛背心，非常莊重的站在門口，手上一根拐杖拄著地板，眼神爍爍的看著俞平。

「我來拿我的妻子留給我的東西。」客人沙啞的喉音響起，一句話沒頭沒尾，彷彿他的來意，就像是吃頓飯那樣簡單。

不過俞平卻聽懂了，他微微頷首，從大爐子旁特別備好的小鍋，舀起了一碗熱呼呼的清湯，加入了早在一旁備好的蘿蔔、昆布，一碗清湯，幾分鐘後端到了客人面前，靜靜上桌。

「喝碗熱湯吧？」俞平把湯擺在餐桌上，光亮的湯匙，擺在湯碗的一旁。

老人看著俞平，半晌沒有說話，眼中出現了一絲的猶豫跟掙扎，「就只是這一碗湯嗎？」他坐在餐桌前，還是忍不住問出口。

「嗯。」俞平點點頭，沒對老人的疑問做出反應，又縮著手退到了料理臺後，有一下沒一下的攪拌著大鍋。

老人巍巍顫抖著手，猶豫好一會，終於拿起了湯匙，舀了一口熱呼呼的清湯，放進嘴裡，清湯入喉頭，非常溫暖。更令老人不敢置信的是，只是吞下第一口湯而已，妻子的面容就在眼前出現。

妻子笑得那樣羞澀靦腆，一身的和服，在傘下，露出半邊的臉頰，溫潤的看著他笑，傘外的花瓣迎著風，飄落在他們倆身上。

那是他們第一次在櫻花樹下的約會。

老人顧不得燙口，又趕緊舀起了第二口清湯，放入嘴裡，細細品嘗。

妻子跟隨他來臺的影像，瞬間像是膠捲底片一樣，黑白一片，卻非常清晰，涮的一聲在他眼前拉開。老人的眼眶微微紅了，眼角濕潤。

沒錯，他就是在日本念書的時候，遇上自己的妻子的。

兩個人是同班同學，因此在校園內相識、進而相愛，最後互許終身。

但是妻子出身名門望族，她的父母說什麼都不答應自己的女兒，嫁給這樣一個來自臺灣的無名小子，在家族的百般阻撓之下，青年帶著心愛的戀人，許下了美麗的誓言，兩人放棄學業，連夜搭船逃回臺灣了。

底片的影像倏忽即逝，老人這次慎重萬分的舀起了第三口湯，他含著金屬的湯匙，感到陣陣溫暖的清湯隨著食道的吞嚥，慢慢滑入了自己的喉嚨。

這次他看見了，妻子在一樓的庭前打掃、在長椅凳上用竹桿拍打著棉被的情景、曬著鮮脆的竹筍乾、洗刷著鍋碗瓢盆，一切過去的景象，歷歷在眼前重現。

隨著碗中清湯的減少，老人看見了更多的過去，孩子們奔跑的嬉鬧、跌倒時候的哭泣模樣，都是妻子一個一個在孩子的身前溫聲安撫的。

那這些時候，自己又在哪裡呢？

思及此，老人端起了已經剩下很少清湯的湯碗，急切的一口仰盡。

全部的湯入喉之後，老人驚呼出聲！

「啊！看到了！」原來自己一直都在旁邊，牽著妻子的手，頭髮慢慢變白，皺紋越來越多，兩個人走路越發的慢了，歲月不饒人，老人不再意氣風發、妻子不再年輕美麗，但是，自己從頭到尾都在妻子旁邊啊！

這樣太好了，真的太好了。

原來過去的任何一分一秒，自己都是這樣珍惜萬分的，陪伴在跟著自己遠赴他鄉的妻子身旁。從來沒有漏掉每一天。

因為自己高血壓的老毛病，在前陣子大中風了一次，因而被送進了醫院病房，在昏迷的那幾天當中，妻子因為趕著到醫院探視自己，卻不慎被闖紅燈的卡車給撞死了。

結果昏迷中的自己，竟然毫無所覺，竟然無法陪著結髮一生的妻子，走完她人生的最後一程，任由她在兒孫的陪伴當中，一個人寂寞的撒手人寰。

但是這一生，我都沒有放開過妳的手啊，久美子——這就是妳要告訴我的事情嗎？我收到了，收到了。

老人拿出了手帕，擦著眼睛旁的淚水，從妻子死後，他從沒有流過眼淚，因為沒有辦法接受這樣的事情，自己竟然沒有陪鍾愛的妻子走最後一段路，所以在心裡一直感到萬分歉疚。

老人陷入眼窩的眼睛，不斷溢出了淚水，但是內心卻感到非常高興，原來妻子從來沒有怪罪過自己。他清了清嗓子，朝向俞平萬分尊敬的說，「師傅，這碗湯要多少錢？」

俞平咧開了嘴角，不為老人的失態而驚愕。「我們的湯是送的，不賣。」

他頓了一下，夾起了一顆飽滿的高麗菜捲，浸在高湯中的菜捲，一到空氣中，就閃著翠綠的光澤，飄散著香氣。

「不過吃吃看我們的關東煮吧？」

老人從俞平手上緩緩接過了一大盆的關東煮，沾了一口黃色芥末，放進嘴裡，滿足的點點頭，臉上滿是讚許的神色，「師傅，你的關東煮真好吃。」

曾經待過日本的老人，說的是實話，俞平的關東煮，可不是簡單的貨色。

俞平臉部的線條，悄悄往上提了幾分，低著頭夾起了一長條鮮蝦竹輪，刷刷刷，三兩下就俐落的分成了五段，又往老人桌上擺。

他是一個喜歡往客人碗中加菜的廚師。

老人笑呵呵的看著俞平，「我一個人，又是老頭子了，吃不下這麼多，你來陪我吃吧？」

俞平也不說話，從櫃子上方拿下了一瓶梅酒，拿出了兩個雕滿櫻花的小酒杯，坐在老人對面，一人一杯開始默默喝著。

兩個人喝得不多，最後都只是紅了頰面而已，說話時吐出了些微的酒氣，老人臨走之前，猶豫再三，終究回頭，定定看著俞平，「我妻子走得可還開心？」

俞平正在收拾桌面，猶豫了一下，老人的問法，是會破壞規矩的。但是他還是垂下了眼眸，「開心，就是放不下你。」

老人的眼淚又從長滿皺紋的眼眶中溢出，「老太婆真是的，老是擔心我，也不想想最後先走的是誰？」他戴上了西裝帽，一腳深一腳淺的往外走，在中風之後，他的行動已經不像從前利索了。

直到老人的身影走遠，坐上了私家黑頭轎車遠去，俞平才轉身走入了店裡，他拉開了後門，邊上一個模模糊糊的黑影，坐在椅凳上，搖晃著半彎的背，看著遠方發愣。

「你們家老爺子收到了。」俞平低聲說，語氣恭敬，對於亡者，就像生者的前輩一樣，他一向給予應該有的尊重，也打從心底敬重他們。

黑影逐漸清晰，一個老奶奶出現在板凳上方，穿著一襲正式和服，苦苦的笑了一下，「我知道，我看著他走的。」

老奶奶又扯扯身上的和服，低聲抱怨，「老頭子就不嫌麻煩，把我這壓箱底都挖出來，幾十年沒穿了，真不習慣。」抱怨歸抱怨，老奶奶布滿風霜的臉，仍然看不見一絲不滿。

俞平沒插話，從懷裡掏出了一本線圈筆記本，厚厚一大疊，上面都是各式各樣的照片跟文字記錄，他翻到最後一頁。

最後一頁的檔案上頭寫著文山久美子，那是老奶奶的日本姓名，一頁一頁的照片在其中翻飛著，俞平細心的一一撫平，照片當中顯示著老奶奶過去的生活足跡。

這些都是俞平揹著照相機，一張一張拍回來的珍貴照片。

照片中雖然沒有老奶奶的身影，卻含著老奶奶生活的一點一滴，以及她想傳達給自家丈夫的所有情感——最珍貴的記憶，以及最後的溫柔。

「我從來沒怪過他呀！」老奶奶抬起頭，看著屋簷上一輪明月。

月光靜靜撒在俞平身上，只有他一個人的影子在水泥地上，「嗯，老爺子知道了。」

老奶奶聽見俞平這麼說，這才轉頭，笑瞇瞇的看著俞平，「這次麻煩你了。」她站起身來，深深一鞠躬。

「別這麼說，這是我的工作。」

俞平微微欠身，扶起了老奶奶。

「那我走了，先去等我家老頭子了。」

老奶奶望了望遠方的道路，她記得跟自家丈夫的承諾，先走的人，要在路上等對方的。

「一路慢走。」俞平話少，只在最後低下了頭，看著老奶奶慢慢往前走，每一步身影都越來越稀薄。

等到老奶奶的身影完全消失之後，一抹青煙，滋一聲從地上往上冒，穿著華麗宮廷裝的年輕男子，緩緩的站在俞平面前，笑嘻嘻的看著他，手上拿著一枝鮮豔的羽毛筆。

「這是這次的酬勞。這個案子花的時間有點久呢！」年輕男子看起來約莫三十歲，面容俊朗，唇紅齒白，正裝模作樣，低頭看著手上繫著銀色鍊子的懷錶。

「不要跟我廢話了，我什麼時候可以看到我女兒？」俞平冷淡的開口。

「嘖嘖，當初不是說好了五萬點嗎？對我這麼凶？人家可是特地幫你送來這次的點數呢！」來自另一個世界的陰陽差使水煙，揮揮手上的紙張。

「你不想要了嗎？那我就收下囉？」水煙作勢收下手上的薄紙。

俞平一把搶過，看著上頭鮮豔的五色鳥，額頭青筋跳了跳，「你非得要……算了！」

他把五色鳥撕下來，小心翼翼的貼在自己快要散架的筆記本上頭。

「在我工作的這段期間，我女兒還好嗎？」他抬起頭來，狀若無意的問了一句，眼神卻留露出一絲希盼的神色。

「好得不得了！哈！自盡的人還有這樣的待遇，連我水煙大人都羨慕了！」

水煙轉了一圈，雪白的刺繡領巾高高揚起，他每次來幫俞平送點數，都是不同的裝扮，根據他本人所說，這是他的畢生興趣。

俞平微微頷首，內心放心了一些，「簽名。」他把本子塞到了水煙的面前。

「就你這人沒禮貌！其他差役見了我，誰不恭恭敬敬的叫一聲水煙大人？」水煙又從嘴裡發出嘖嘖聲。

「你代管的那隻人間監督使呢？」他邊說邊在本子上，龍飛鳳舞的簽下了自己的名字。

「屋頂上。」俞平抬了抬眉毛示意。

「我說你啊，別真的把監督使給養成了貓啊！」水煙踮起了腳，往上看了幾下，但是天色昏暗，他也只能摸著鼻子作罷。

「罷了罷了！完成下一個案子你再通知我一聲唄。」水煙把本子丟回俞平身上，揮揮手上斑斕的羽毛筆，緩緩飄散在空氣中。

俞平看著手上的厚重筆記本，幾乎都要散架了，他擰擰眉心，似乎快要忘記日復一日這般，替陰間工作了多少年月了。

他的手摸上臉頰，跟五十年前一般濃密的黑眉，以及健壯的胳膊，都再再宣告他的歲月已經停在女兒墜樓的那一年。

到底發生了什麼事情？讓妳非得要想不開？

就只是想這樣的問上一句，就跟陰陽使者簽訂了工作合約，直到累積滿五萬件的案件，才能再見女兒一面。

至今已經工作了數十年，歲月永遠停歇，彷彿被遺棄一般的獲得永生，卻一點都感受不到長生不老的樂趣。

連數都不用數，俞平就知道，本子內的點數，離自己的目標還差得遠呢！他抹抹臉，將臉上的疲憊抹掉，把本子萬分珍惜的塞回懷中，抬腳走回食堂前方。

「我說啊，你也成為監督使者的話，就不用管什麼五萬點的事情了。」冬末躺在架上，邊舔著右前腳的毛，說著提過幾百次的誘拐話語。

「我不要。誰知道要被塞進什麼東西當中。」俞平又開起了火爐，下了一點蕎麥烏龍麵，打算幫自己做一份熱騰騰的宵夜。

他將竹輪切成一段段，下在麵裡頭，再打了一顆蛋，火轉小，等待麵熟的時間中，他難得抬起了頭，饒有興致的看著自家的貓。

「話說回來，你到底是什麼東西？鬼魂？妖怪？我就不信你只是一隻貓。」他盯著冬末肥美的臀部，打算過去戳個兩下。

「你、你別亂來啊！」冬末看著俞平的視線，彷彿被踩著了尾巴，炸開了毛，迅速往上踩了幾格階梯，這些層板都是牠要求俞平，特地為了牠釘在牆上的，方便牠來來去去。

「呵……」完成了一項工作，又多了一點點數的俞平，難得輕笑出聲，攪著小平底鍋上頭的蛋花，讓蛋汁輕輕散到湯中。

屋外冷風呼呼的吹，街上行人幾乎都已經走光，回到溫暖的室內，度過平安夜最後的二十分鐘。

「嗨！你們還有在營業嗎？」

一群高中女生，忽然推開了拉門，她們在寒冬中穿著黑色的校服裙，臉上掛著興奮的表情，嘰嘰喳喳的走了進來，走在最前面的女生，靈動的大眼睛轉了兩圈，看著俞平問道。

俞平看了一下牆上的時鐘，早已經過了打烊的時間，不過今天是平安夜，更何況身為一名廚師，哪有讓客人餓著肚子回家的道理呢？

他俐落的舀了五碗湯，端上了餐桌，「當然還有營業，各位想吃點什麼？」

高中女生站在大竹簍前面，眼神閃閃發亮，「這就是福袋嗎？裡面包什麼啊？」、「這根竹輪跟這根有什麼差別？」、「有年糕跟魚丸嗎？」一群人爭先恐後的嚷著開口。

「福袋裡面包麻糬、這兩根的差別是原味跟鮮蝦口味、年糕跟魚丸都在這裡。」俞平沉著的一一回答，迅速的夾起了女高中生們手指的餐點。

女高中生們捧著一大盤的關東煮，忽然想起了什麼，扭捏的看著俞平，「你們的關東煮怎麼算啊？」

俞平看著少女們不好意思的神情，輕輕把手伸出來，悄悄蓋住了桌上的價目表，「一串十元，蘿蔔跟豆腐不用錢。」

少女們歡呼一聲，「哇！比便利商店還便宜耶！」她們坐到了位置上，高興的分食著關東煮，沾著各種俞平親自條配的醬料，臉上染上了滿足的粉紅色。

夜很深了，食堂外頭的玻璃覆上了一層層的霧氣，俞平仍然站在關東煮爐前，烤

關東煮
Z Z Z

著一尾兩手大的魷魚——少女們的平安夜禮物。

「這麼晚還沒回去沒關係嗎？」

在魷魚上桌的時候，俞平不冷不熱的問了一句。

「嗯！沒關係喔！爸媽說今天是平安夜！」少女不施脂粉的臉蛋上，洋溢著滿足的笑容。

「是呀！今天是平安夜。」俞平應了一聲。

俞平退回了料理臺，撈起了自己煮爛的烏龍麵，在少女們歡快的笑聲中，稀哩呼嚕的吃著溫熱的消夜。

夜很深了，關東煮食堂的室內笑聲盈盈，俞平仍然站在料理臺後，如過去的每一天一樣。

平安夜，也一樣要營業。

第二章　失憶少女

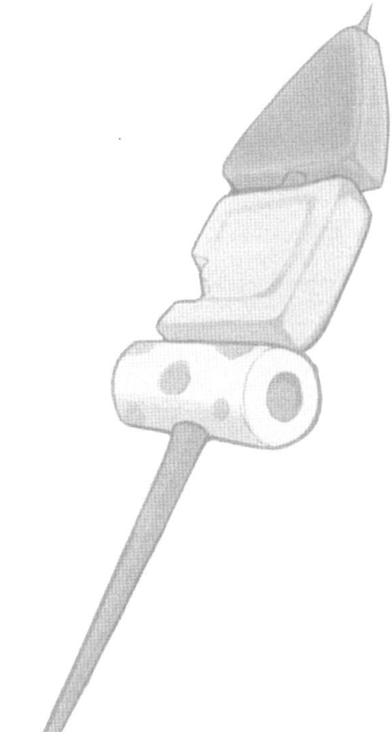

一陣灰塵揚起，工人們揮舞著電鋸，毫不留情的切割著這座小型圖書館，怪手跟卡車往校園內開進來，現在是寒假時節，校園內空蕩蕩，學子們都返鄉放假去了，正好進行建築整修。

不過更正確的來說，這棟早年建造的小型圖書館，即將要被夷為平地了。

學校的董事會撥了預算下來，要蓋一座豪華的資訊圖書館，使用最現代化的電腦分類管理，以後學子們就不用在茫茫書海中翻著灰塵，打著響亮的噴嚏，只要動動手指頭，就可以把書中的內容打包成一個檔案帶回家。

在這樣嘈雜的環境當中，有個少女綁著雙馬尾，柔軟的髮絲，垂繞在胸前，微亂的瀏海往一旁撥去。上身是一件短袖的白色襯衫，配著紅色的格子裙，跟保暖的黑色褲襪。

她盤坐在一個書櫃的下方，手上捧著一本歷史小說，看得津津有味，絲毫不受周遭吵雜的環境影響。

工人們來來去去，也沒有人注意到她，大家只忙著拆除圖書館內的一切建築，並把這些已經存檔完畢的書籍打包丟棄。

是的，當資訊更換了載體之後，書本也就只是一袋袋的廢棄物而已。

等到少女頭上的書櫃轟然倒塌，工人們快速的撿拾著木塊，接力的把書籍運送出去時，少女才茫然的抬起頭來。「啊?你們是誰?」她張圓了小巧的嘴唇，輕聲詢問著。

不過工人們非常忙碌，沒有人注意到她。

她的眼神在工人跟手上的歷史小說，兩者之間游移了半晌，終於在周遭的書櫃都被拆得精光之後，施施然的站了起來，捧著手上的書，往樓下走去，邊走邊看。

在完全不知道周遭發生了什麼事情的她，仍然自顧自地沉浸在手上的書中。

少女走著走著，白色的短袖上衣，配上格子狀的紅色短裙，一身的夏季打扮，現下的氣溫卻已經相當低，她一個人在路上走著，目光仍然專注於手上的小說情節。

等到她走到腿痠，才愣愣的抬起頭來，兀自慶幸，今天怎麼運氣這麼好？都沒有撞到路人吶？

她敲著痠痛的小腿，一屁股坐在路邊的咖啡廳門口，聞著裡頭傳來的陣陣香氣，鬆餅剛出爐的味道，微焦的香味刺激著她的鼻翼。

少女抽抽鼻子，翻了一下完結的頁數，「嗯！還有五十頁！」她又繼續埋首於眼前的書中，打算先將小說的完結篇章看完，再來填飽自己的肚子。

少女看書極快，十幾分之後，她終於滿足的嘆了一口氣，抬起頭來，內心已經盤算好要吃什麼口味的鬆餅，但她卻一怔——眼前哪有什麼咖啡店？

她身在一片泥濘的垃圾場。

鼻尖已經聞不到鬆餅的香味，只不斷向腦海傳來垃圾的臭味，少女微微發愣了一下，又轉頭看向四周，自言自語開口，「這是哪裡呀？」

當然，沒有人回答她的問題。

垃圾的臭味緩緩飄散，少女的耳邊傳來了陣陣的風聲，聲音中依稀可辨，是野獸的吼叫聲，少女後知後覺的站了起來，環顧四周，發現自己竟然坐在垃圾的頂端，冷風呼呼的吹，她打了個哆嗦。

先萬分珍藏把書抱在胸口，少女小心翼翼的往下走去，垃圾山的高度說高不高，一不小心失足跌下去，可不是翻幾個跟斗就可以解決的。

好不容易雙腳踩在平地上，天空中的雨絲卻傾盆而下，少女下意識拔腿狂奔，想要趕緊找個避雨的地方，看著不遠處的鐵皮屋，她眼睛一亮，立刻衝向了垃圾場旁的小屋。

砰砰砰！有人在嗎？快開門呀！

少女用力敲著鐵皮屋的大門。

門咿呀一聲的打開了，一名男子髒兮兮的搓著雙手，他穿著清潔工的服裝，看著少女，笑容可掬，「妳有什麼事情嗎？」

少女又愣了半晌，男子的笑容親切有禮，卻讓她不知所措，甚至背脊發毛，但是這場下得突然又劇烈的大雨，讓她只能僵硬的開口，「不好意思，請問一下，這裡是哪裡？」

男子再度微笑，「既然來了，何必問我是哪裡呢？」

少女吞了幾次口水，腦中警鈴大響，「我不是故意闖進來的，拜託你告訴我出口的位置！」她大喊一聲，終於成功擠出了自己的問句。

但是男子卻給了她很奇怪的答案，「出口？這裡沒有出口。」臉上的笑容不變，但是卻令人打從心底感到膽寒。

「為、為什麼？怎麼可能沒有出口？那你怎麼出去？」少女無法自抑的喊著，顫抖著手，緊抓著懷中的書，退了幾步。

「我不一樣啊……但是對收藏品來說，這裡是沒有出口的啊！」男子臉上的笑容益發親切。「而妳，就是我的收藏品喔！」

男子的臉頰一瞬間融化，像是受到了炙熱的火烤一般，變成巨大的雨滴，啪、啪、啪……一塊塊掉落在地上，血肉砸在地上，露出臉上那兩個空洞的眼眶。

「收藏品當然哪裡都不能去啊！」他伸手要抓住少女鮮嫩的手臂。

「啊啊啊啊啊！救命啊！」少女的腦神經立刻斷線，但是好在自己的雙腿彷彿有了自主意識，在男子的手伸過來之前，就立刻往外狂奔入雨中，手上還不忘抱緊了書本。

但是說也奇怪，這個垃圾場不大，繞了幾圈卻仍然找不到出口。

少女跑得很喘，這輩子從來沒有這麼劇烈的運動過，身後的男子不斷追著自己，距離正慢慢的縮短當中。

他邊跑邊掉下身上的血肉，伸出了手，朝向少女的方向遙抱著，臉上神情眷戀，彷彿少女真是他的什麼貴重收藏品。

「好恐怖好恐怖嗚嗚嗚！」

少女臉上噴出了眼淚，雖然自己比起同儕總是遲鈍了一些，但是身後的妖怪，面容可怕不說，甚至還一直緊緊跟著自己！

少女越跑越累，體力逐漸消耗，她繞著一堆又一堆的垃圾山，還在垃圾堆中看到了許多的屍骨，增添了她內心的恐懼，好幾次，差點腿一軟就要倒在垃圾上頭了。

她一點都不敢想，如果自己停下來，那下場是否會跟這些人骨一樣？

當她跑得上氣不接下氣時，遠處停靠著幾輛的垃圾車，發出了耳熟的音樂聲，叮噹噹，〈給愛麗絲〉適時響起——垃圾車正在發動，準備往外頭開去。

少女沒有其他辦法，硬咬著牙，發揮出平生最大的運動潛能，奮力一跳！她這一跳，還恰恰好跳上了垃圾車的踏板上，掛在正加速開動的垃圾車上頭。

後方的男子已經剝落得只剩下骨架，還是堅持的往這裡狂奔，只差一點，就只差那麼一點，男子就勾著了少女採在踏板上的潔白腳踝。

「妳回來啊……」男子的骨架碎了一地，頭顱還在泥地中打滾，張大了嘴喊。

「你少作夢了！我才不要！」少女吐了吐舌頭。

心臟緩緩落回胸腔內，但是她一轉頭，又看見垃圾車往鐵絲築成的巨型籬笆直直前進，彷彿沒看見一般，猛地撞過去。

「啊啊啊啊啊！等等啊！撞上去會死掉啊！」少女再度尖叫。

幾秒後，垃圾車撞上了鐵籬笆，劇烈的撞擊，讓少女眼前一黑，從垃圾車上翻落，不知道遠遠的滾到了什麼地方？

她緊緊抱著懷中的書，雖然沒有失去知覺，不過全身上下無一不痛，她更不敢睜開眼睛，怕又要見到那名可怕的男子，心裡慌得緊，情急之下乾脆裝作昏迷過去的樣子。

周圍的聲音靜悄悄的，那個骷髏男沒有追來吧？

「喂。」

打算裝死的少女，這時感受到自己的肩膀被腳尖踢了踢，但是因為太害怕了，她又閉緊了眼睛，死也不肯睜開一點縫隙。

「喂喂。」腳尖不死心的繼續輕踢，少女微微惱怒，在一陣長長的靜默之下，她感受到一股灼熱的視線正看著自己，終於忍不住睜開了一絲眼睛。

一名大叔正站在自己身前，低頭看著自己，苦惱的眉毛像兩條毛毛蟲打了兩個結，「妳躺在這，我們會有點困擾啊。」

「是啊是啊！」旁邊一隻咖啡色的貓，張口喵了一聲，卻是人語。

「啊啊啊啊啊！貓為什麼會說話？」少女發出今天的第三度慘叫，她瞬間敏捷的跳了起來，卻左腳踩右腳，跌向大叔的懷裡。

少女本想大叔會好心的接住自己，大叔卻眼觀鼻、鼻觀心，同樣腳步敏捷的退了一步，任由少女跌在店門口的石階上。

「痛痛痛……」少女大大的黑眼睛泛出了淚光，可憐兮兮的撫著自己的屁股。

「貓會說話有什麼了不起的？」咖啡色的貓甩甩尾巴，不可一世的跟著俞平走進了食堂內，他們見到少女願意起來，就走回了食堂內，繼續準備晚上的食材。

俞平正在拍打著魚漿，打算製作成一條條的花枝漿，晚上讓客人們嘗嘗鮮，畢竟現在不是很流行什麼餐桌DIY嗎？廚師先幫你下好鍋可還不行呢！

為了店內慘澹的生意，俞平終於開始動起了腦子。

「請問……這是哪裡？」少女卻跟了進來，怯生生的問他們。

「賣關東煮的。」俞平手上忙碌，跟往常一樣簡短回應。

「我家。」冬末補充說明。

少女眼中的霧氣迅速凝結，「那我要怎麼回家？」她哽咽著開口，手上只有一本清朝歷史小說，仔細一看還是穿越的。

「……」俞平終於放下手上稀泥一般的魚漿，他抬起頭來，定定看著少女，嘗試問了一句，「妳不知道怎麼回家？」

少女哇的一聲大哭了出來，「我還不記得我叫什麼名字咧……怎麼辦啦？這裡到底是哪裡？」她嚎啕大哭，還是緊緊抱著手上的書。

俞平跟冬末對看一眼，一人一貓的視線，在半空中膠著幾下，火花迅速彈跳，在空氣中蹦出燒焦的味道，冬末三兩下又往上跳，把毛茸茸的頭顱埋在前腳中。

冬末的意思很明確了——老子什麼都沒看到。

看著冬末事不關己，已不操心的態度，俞平不得已，清了清嗓，「小姐。」

「啊？」

「小姐，妳到底知不知道……妳已經死了？」

少女抬起頭來，看著自己半透明的手掌，往身旁的餐桌一揮，透體穿過，她愣了好半晌，才想了一下，最後只吶吶的開口。

「我現在是鬼嗎……那我還可以看書嗎？」

俞平一時之間也愣住了，他遞過了一疊的食譜，都是他今天早晨在食堂內，研發出來的新菜色，準備幫生意冷清的店內，推出幾道當季的料理。

少女接過了這疊食譜，才三兩下工夫，她的目光立刻黏在俞平的手稿上頭，邊吮著手指，「喔喔喔，這個看起來很好吃耶？是什麼？」

俞平瞄了一眼，「魷魚天婦羅。有點類似甜不辣，但是裡面吃得到魷魚腳，料理方式是烘烤，口味微辣。」

少女點點頭，表示自己理解。又翻過了下一張，上頭畫著一碗茶泡飯，旁邊大大的畫著一顆梅子，還標明非要紅茶脆梅不可。

少女津津有味的抬起頭來，準備繼續發問，卻對上俞平挑著的眉毛，狐疑的視線。

「不、不好意思。」她扭著手，彷彿要把自己雙手扭成麻花捲，「我從小到大，只要一看書就會這樣……」

「喔。」少女的身世不關他的事，俞平繼續捽打著手上的豬肉，他準備做一點肉丸子。

只是邊做著肉丸的俞平，還是忍不住皺起了眉。他處理過的案子不敢說兩百也有一百八，從來沒有靈體是這樣——隨意拿取陽間的物品，甚至可以說是隨心所欲的打破陽間與陰間的規則——

陰間的人，要獲取陽間的物品，方法只有兩種，指名道姓的燒給他，或者上香供奉，也因此厲鬼復仇什麼的，其實多數是以現形作為恐嚇手段，讓人精神崩潰作結。要真的讓厲鬼們拿把開山刀去砍冤親債主，這是非常稀有的事情，除非怨恨沸騰過了頭，到達一個頂點。

而這來路不明的少女，簡直就像是例外一般的存在，這也太犯規了吧？

俞平很不想相信眼前所見，但是剛剛遞過去那疊食譜手稿，現在正隱約泛著透明的光，幾乎跟眼前的少女融為一體了，到底是怎麼一回事？

俞平苦苦思索，豬肉丸子捏得慘不忍睹。

他乾脆洗了把手，看著架上熟睡到翻肚的冬末，視線又望在縮在餐桌一角，正興致盎然的看著食譜的少女。

他終於忍不住開口，「妳是要留在這裡嗎？」他一直不想先把這句問出口，因為很害怕聽到預料中的答案。

少女恍若未聞，俞平額上的青筋跳了幾下，走出了料理臺，忍耐的再問一次，「妳是要留在這裡嗎？」

少女抬起頭來，又是一副茫然的神色，好半晌才想起來俞平剛剛問了啥，「喔喔，對啊。」

「……去坐在門口看，餐桌是客人要坐的。」俞平看了看天色，關東煮食堂，待會就要開始營業了。

毫不意外的，少女聽到俞平的話，還是連挪動一下屁股都沒有。

俞平直接發狠，把食譜從少女手中抽起，像是一路釣著一隻饞嘴的貓兒一樣，把少女引到了門外的小板凳上。

「謝謝。」重新接過了食譜的少女，隨手說了一句道謝，又繼續埋首看著凌亂不堪的手繪食譜，在腦中仔細幻想每一道菜色的感覺。

俞平走回了食堂內，順手點開了屋外的招牌燈光，大大的白色紙燈籠迎風掀動，溫暖的黃色燈光緩緩散暈開來，在老宅的底下，發出吸引每一位食客的光芒。

彷彿告訴過路的旅人，這裡有好吃的關東煮，跟熱呼呼的湯頭。

關東煮食堂，今天也有營業。

俞平在黑暗中睜開了眼睛，發愣了好一會，摸摸身下單薄的床板，這才想起來，是在自己租賃的小房間內。

夢中女兒小小的身子，搖晃著腦袋，左搖右擺學走路的模樣，已經離自己很久很久了，還有她穿著夏季的短袖制服，朝氣洋溢的求學面容，在現實中想起來，也已經模模糊糊了一片。

但是在夢中，卻非常清晰，清晰得令人心痛。

俞平揉揉太陽穴，坐了起身，拉開窗簾發現天色還早，昨天雖然營業到凌晨一點但是現在卻覺得了無睡意，他又發怔了一下，終於慢吞吞的起身，套上了短褲。

梳洗的時候，俞平盯著鏡中的自己發愣，納悶鏡中的這張臉孔，到底還要看多少次，才能自然老去？俞平搖搖頭，戴上了一頂扁帽，遮住了自己的眼睛，再套上了一件尋常的毛線外套。

就像一個尋常的大叔男子，大清早外出的樣子。

他慢慢的騎著自己野狼檔車，這臺車也已經可以算是老爺車了，俞平騎在非常熟悉的路上，往今天臨時起意的目的地前進。

坐在早餐店內，俞平啃著吃不習慣的燻雞三明治，啜一口加太多奶精的熱奶茶，他的頭微低，似乎專注的看著報紙，其實眼神偷偷看著，正在另一桌哄著小孩子多吃幾口早餐的少婦。

少婦看起來三十幾歲，因為照顧孩子的關係，剪短了頭髮，清爽的勾在腦後，正在威脅自己的大兒子放下手上的平板電腦，不要再玩弄那隻可憐的雞，好好的把桌上的早餐吃完。

少婦的名字是俞怡安，她是俞平的孫女，已經在幾年前嫁人，並生下兩個天真可愛的小男孩。

俞平從來沒跟她相認過，畢竟如果哪天貿然跑去告訴對方，自己這個看起來不過四十多歲的大叔，是妳的爺爺，恐怕沒有幾個人能聽完這一段胡扯。

從跟水煙簽訂契約後幾年，俞平發現自己不老的祕密之後，就毅然決然的離開家，留下妻子跟剛畢業的兒子。

這是自己的選擇，沒有什麼好抱怨的，雖然偶爾會像今天這樣，突然的跑來看望著自己的孫女，想像自己如果安穩的老去，現在會是什麼模樣。

但是再過幾年也就不能來了吧？

相同的臉孔，卻從來沒有老去的痕跡，總是會被懷疑的。

看著少婦牽著兩個小男孩的手慢慢遠去，走向了兩個街口外的幼稚園，俞平嘆一口氣，三兩下把燻雞三明治塞進嘴裡，奶精太多的奶茶則被他擱在桌上。

他走向對面的花店，買了一束百合，又騎上了野狼檔車，噗噗噗的往郊區的墓園前進，今天的他，因為昨夜的夢太過真實，真的想起了很多遺忘的事情。

他駕輕就熟，熟門熟路的找到了墓園中的一座墳墓，這是基督教的墓園，每一座墓碑前都有一個白色的小十字架，詔告著墓中的主人，已經接受上帝的指引前往天國。

俞平的妻子是虔誠的基督教徒，或許現在真的在天國也說不定。

俞平放下了花，輕輕的撫摸著石碑上的照片，自己的妻子面容慈祥，是八、九十歲的老太太模樣，微卷的白色頭髮，在腦後膨成花白的一團。

不知道妳原諒我了嗎？

俞平盤腿坐在墓碑前方，神情恍惚，懷念的輕輕哼起。那是一段鋼琴的旋律，是妻子最喜歡的聖歌中的一小段。

他哼著哼著，背後發出了輕輕的輕呼聲，他猛然一轉頭，自己的孫女俞怡安，正在他背後，死死壓住自己的嘴巴，臉上露出相當驚訝的樣子。

「你是誰？」俞怡安戒備的神色，在一陣驚慌過後顯現在臉上。

俞平站了起來，拍拍腳上的灰塵，「只是妳奶奶的一個朋友。」他往外走去，頭也不回。

沒有相認的必要。

俞怡安站在原地愣了半晌，「你怎麼知道這是我奶奶……的墓？」

問句未完，人已遠去，她也來不及問清楚那段旋律，為什麼奶奶死前反覆哼唱的旋律，會出現在另一個男子的口中？

俞怡安盯著俞平的背影，好半晌還是蹲了下來，輕輕的開始擦拭著十字架。

俞平自顧自的往前走，耳邊忽然傳來聲音，「人類真的很奇怪。」不知道什麼時候，冬末跳上了俞平的肩頭，發表著自己的感想。

「嗯？」俞平繼續往前走，步伐穩健，沒有因為剛剛孫女的突然出現，而擾亂了半分心神。

墓園裡面的墓碑整齊排列，陽光靜靜灑落，這裡彷彿是另一個世界，寂靜的長眠之處。

對於他來說，孫女很快就會老去，然後死掉了。而自己，卻只能永遠這樣下去。

「明明就只是因為無聊的血緣關係，你還是在意了幾十年，甚至屢屢回頭看顧，明明他們都不知道你的存在。」冬末平衡感極好，站得穩穩當當。

「看看而已。」俞平淡淡的回了一句。

「少來，你到底要不要跟你的孫女講話？」但冬末的問句，俞平沒有回答。

一人一貓沉默了一下，冬末乾脆換個問題，「你的貼紙收集冊有幾點了？」

因為水煙的惡癖好，每次總是送上了五顏六色的鮮豔貼紙，所以俞平的筆記本，被冬末戲稱為貼紙收集冊。

「不知道，兩百多點吧？」俞平走到了機車旁，轉頭看著冬末，這傢伙非常討厭坐機車，據說是討厭高速移動中的交通工具，不知道今天會不會反常？

「找個人幫你吧？」冬末跳了下來，果然沒有一起搭機車回去的打算。

「要找誰？」俞平跨上機車，可有可無的回了一句。表示他完全沒有仔細想過這個提議，只是敷衍地回了一句。

「現在賴在店內的那個傢伙啊！」冬末跳上圍牆，姿態優雅。

「……」俞平沉默了一會。

「她是鬼，而且不知道有沒有用。」想起現在賴在店內的少女，成天只會翻看著店內的過期雜誌，嚴格說起來，大概就是路障那一類的道具吧！

「你自己考慮吧！喵～」留下意義未明的一聲喊叫，冬末在圍牆上幾個跳躍，消失不見了。

「……找個幫手一起分攤，點數會累積得比較快嗎？」俞平發動了機車，內心開始思索著冬末的話，如果少女願意協助自己的話，那或許自己就可以快點見到女兒，然後快點老去了。

這樣永無止盡的活著，光是幾十年的歲月，就快要讓人發瘋了。

野狼檔車在上午亮晰的陽光下，閃閃發亮，雖然從車款看得出來已經年代久遠，卻從每一個保養良好的零件，都可以發現它的主人相當愛惜著這輛機車。

回到店內的俞平，手上照例拿著今天的食材，他有相熟的魚市攤販，可以不用一大早到魚市去叫貨。

他推開了拉門，少女正趴在餐桌上，可憐兮兮的抬起頭來，似乎有氣無力的，「大叔，你終於來了。」

「我好餓……」少女發出微弱的呼喊，似乎真被餓得不輕，只剩下一點求救的力氣。

「妳要吃東西嗎？」俞平手上動作不停，拿起了其中一條紅色鮪魚肉，在流理臺上快速的切著，一片片的鮪魚生魚片，轉眼間就疊滿一盤。「跟冬末吃一樣的可以嗎？鮪魚？」

出乎意料的，少女垂著手臂，搖搖晃晃的走到了料理臺前的位置，活像一隻……

嗯……喪屍。

她垂頭喪氣，「我不要吃這個。」

「嗯？」俞平平淡的挑挑眉。

「我要吃書！」少女嚴正抗議，表達她對於書本的強烈需求，「店內的雜誌已經全部看光光了。買書給我拜託拜託拜託。」她雙手合十哀求的樣子，令人心生憐惜。

「不要。」可惜大叔一點都不領情。

「求求你求求你。書是我的生命，沒有書我會死翹翹哦！」少女大有躺到地上耍賴的態勢。

「妳已經死了。」大叔毫不留情，然後毫不意外的聽見少女不絕於耳的慘叫聲，他忍耐了半晌，還切壞了兩條竹輪，終於忍無可忍的抬起頭來。

「在這裡打工，然後我用工資買給妳。」

不能寵壞小孩子，是大叔育兒寶典的第一條。雖然他自己最後還是教育失敗。思及至此大叔臉色暗了一下，又繼續手上的工作。

「好啦好啦！叫我做什麼都可以啦！」少女猶豫了一下，又興奮得兩眼發光。想到可以自己賺錢買書，她就非常開心！

「……女孩子不要隨便說出這種話！」大叔把切好的鮪魚生魚片以及竹輪，放到了一旁的座位上頭。

冬末瞬間不知道從哪個角落冒出來，埋著頭大快朵頤。

「妳叫什麼名字？」忙完了手上的事情，他才轉身看著少女，雙手抱胸。

「我不是說過我忘記了嗎？」少女不耐煩的嘟著嘴。

「……那就叫阿書好了。」俞平思索了一下，用右手拳頭拍擊著左手掌心。

「阿書？是什麼東西？」少女還沒反應過來。

「妳的新名字。」俞平又轉回料理臺前，開起了火爐，準備開始熬煮今天晚上所需要的關東煮湯頭。

「有點難聽耶大叔！」少女皺著眉毛，「那你什麼時候要買書給我？」她急切的原地小跑步，被分成兩邊的頭髮，微微的跳動著。

「在那之前，我們要先把妳的記憶找回來。」俞平切著蘿蔔，下刀的聲音快狠準，在店內唰唰唰的響著，形成一種沉穩的撞擊聲。

「啊？」少女側著頭，非常可愛的發出了疑問。

今天的關東煮食堂生意仍然冷冷清清，阿書的聲音在俞平耳邊吵了整個晚上，連提出要把阿書留下來的冬末，都早早受不了的跑出店裡了。

俞平要很忍耐的，才不會在客人面前，一把將湯杓敲上少女的腦袋，雖然客人看不到已經死去的阿書，但是大廚整個晚上都臭著臉，也讓客人在用餐完之後，察覺氣氛相當不對勁，而紛紛快速離去。

直到打烊之後，俞平關掉了門外的招牌紙燈籠，跟少女一人一鬼的站在門前，他才口氣惡劣的說，「妳生前最後有記憶的地方在哪裡？」

阿書思索了一下，「其實是大叔你跟我說我死了以後，我才知道我死掉了……」

俞平握了握拳頭，深深吸一口氣，這大概是他的案子中最迷糊的案例了吧！他擰擰眉心，「妳生前有沒有什麼最珍視的人，或者事物？」他嘗試從蛛絲馬跡去尋找阿書生前的下落。

「嗯……最喜歡的就是書吧！我很喜歡看書喔，真的很喜歡很喜歡。」阿書踢著食堂石階下的小石子，一連用了幾個喜歡形容。

她遺忘了所有的記憶，只記得自己對書的喜愛。只要深深的埋進去，就能在書中獲得從來沒有的平靜與安寧——什麼樣子的難過都不會有，也不會有任何的責罵。

她敲敲腦袋，似乎想起了什麼。

「我記得我剛上高中的時候，存了很久很久的錢，買了一套奇幻小說，內容是一個大陸上的四個國家，紛爭不休的故事，我非常喜歡堅強的女主角，買回來之後，小心翼翼的把書藏在床底下。」

嗯？為什麼要把書藏在床底下呢？阿書皺起了眉。又再度敲敲腦袋，卻什麼都想不起來。

俞平翻了翻白眼，這個傢伙到底有沒有看書以外的興趣？「別敲了，夠笨了。那套書叫什麼名字？」

「嗯……好像叫《四國戰記》吧！最喜歡首篇了呢……」阿書露出緬懷的樣子，眼神可憐兮兮的看著俞平。

俞平確認好書名的寫法，從口袋掏出了手機，快速的點了幾下螢幕，輸入《四國戰記》查詢。他也是跟得上時代的大叔。

不過不知道是阿書記錯了書名還是怎麼的，竟然找不到販售訊息，也沒有相關心得與相關的隻字片語。

「沒有這套書。」他把手機放回口袋內。

阿書急著爭辯，「怎麼可能！那是我十七歲的時候，買給自己的禮物！」她脹紅了臉，揮舞著自己的手，急切的辯解著。

「明天再去二手書店問問吧。」

俞平在內心思索，或許少女的年紀比自己還要大也說不定，如果她沒有記錯書名，唯一的可能就是販售這套書時，已經是很久很久以前了。

他低下了頭，喃喃自語，「如果是這樣，會很麻煩啊……」因為相關的家人很可能都不在了，所以無法完成停留在人間的願望，雖然現在還不知道阿書的願望是什麼。

「大叔你說什麼？」阿書仍然蹦蹦跳跳的跟在他身後。

「沒有，我回去了！妳快進去吧。」俞平正打算走向食堂旁邊自己機車的停放處，身後忽然響起一陣陣的沙沙聲，彷彿有人拖著沉重的腳步在夜裡走路。

腥臭的氣味，在冬季無風的夜裡，卻從後方緩緩襲來，阿書沒有什麼感覺，還在店門口笑嘻嘻的揮手。

在這幾天內的相處，她已經把俞平當成人很好的大叔了！完全沒有一開始害怕的模樣。就像一般的小孩子一樣，總是很敏銳的能夠察覺大人的情緒。

所以她非常清楚的知道，俞平只是長得橫眉豎目，講話又冷淡，其實是個很溫和的大叔！

相較於阿書的好心情，俞平則是皺起了眉頭，一個箭步衝回了食堂門口，「夜深了，快進去吧！」他推了推阿書的肩膀，還難得一見的打算鎖上拉門，「我不在的時候，不要出來隨便晃。」

阿書吐了吐舌頭，「我才不想出去呢！一踏出店門口，就覺得有很多視線盯著自己！」

俞平點點頭，看來這小妮子還有一點基本的自覺，應該不會隨便惹來麻煩才是，他點亮了門口的紙燈籠，昭告這是他的範圍。但想了想，還是一咬牙撕下了水煙最近給他的五色鳥貼紙。

五色鳥一貼在門上，幾秒鐘轉眼就不見了，俞平嘆口氣，花費了大把力氣收集回來的點數，就這樣用掉了。

不過五色鳥的貼紙上頭有水煙的靈力，應該可以保護阿書的安全。

他交代幾句，最後才揉著胳臂，一看時間竟然已經凌晨三點了，他騎上檔車，萬分疲憊的回到自己的小套房。

夜深了，路上的街道寂靜萬分，一道道濃稠的黑墨，從水溝邊上爬出來，無聲的叫囂著，對於生的希望，他們有種近乎偏執的渴望。

這裡有靈體能夠附著，完全接納我們這些分崩離析的惡鬼……

黑墨們嘶聲說著，如潮水般湧向食堂，最前頭的那一個，一巴掌覆上了食堂的大門，一聲清亮的鳥叫聲忽然傳出，黑墨重重被擊飛，在遠方的電線桿下燃燒了起來。

像是一個失火的紙鳶。

為什麼要阻擋我們……

黑墨們哀嚎著，被灼傷的痛楚，讓他們有些許退卻。

在食堂門口，一隻翠綠的五色鳥，張著羽翼豐滿的雙翅，嬌俏可愛的偏頭，打了一個嗝，一絲火花消失在牠的嘴邊。

黑墨們眼見情勢不對，逐漸聚集在一塊，浸染著柏油路，往前掀動著滾滾黑色的浪潮，打算乾脆的吞吃掉整間食堂，把他們想要的東西納入己腹！

五色鳥啼叫一聲，瞄準了黑墨的中心點，迅急的飛入黑墨之中。

一陣驚天地動的爆炸，引得附近的居民在睡夢中都揉了揉眼睛，不過久經地震洗禮的海島居民，只是翻了個身又繼續熟睡。

五色鳥再度啼叫，功成身退。

結果一整夜，俞平輾轉反側，老是想到一個人在店內的阿書，乾脆提早去了店裡，一拉開推門，阿書又盤腿蹲坐在椅子上，興致盎然的翻看著一疊的廣告傳單。

「哪裡來的？」俞平放下了心，拿來掃把，仔仔細細的打掃著整間食堂。

「早上人家塞在門縫裡的。最近的賣場在大特價喔！」剛好看完最後一張，阿書把傳單往前一推，把頭支在餐桌上。

俞平掃了好一會，又簡單的切了一點海鮮給冬末，放在冬末專屬的架上，便走到門口，翻過了門牌，懸掛在外頭，上面寫著「今日公休」。

「哇？大叔今天想休息啊？」阿書站起身，伸伸懶腰，很意外今天竟然是食堂的休息日。她還以為大叔的食堂是全年無休的呢！

「不想。」俞平又將店內的餐桌全擦了一遍，乾淨是廚藝的首要條件。再好吃的料理，如果讓食客感到骯髒不堪，難以下嚥，那就是不合格的料理！

「但是二手書店只有白天營業。」俞平頭也沒抬的回話。

說起來，食堂的營業時間，都是從每天的下午四點到晚上十點。視狀況延長營業時間，但是如果沒有從中午開始備料的話，晚上就沒有新鮮的食材可以提供給客人了。

所以今天要帶阿書去書店的話，就非得要公休一天了。

「對喔！二手書店二手書店！」阿書臉上露出嚮往的神情，非常雀躍。

「不要哇哇亂叫。」俞平拍拍她的頭，載著阿書在晨光中往市區前進，阿書其實比較算是清明的遊魂，不比鬼魅類的怨魂，所以陽光對她沒有什麼威脅，她可以來去自如。

也因為沒有怨恨跟不甘，所以連自己死掉了，這一點都意識不到。或許這樣比較幸福吧？

不知道女兒死的時候，是什麼想法呢？

俞平加快了車速，不去想這個問題。

他們騎到了一間市區的二手書店，位於地下室，招牌有點晦暗不明，是俞平昨天晚上回到家特地上網查的，不然他在這一區開了好幾年的店了，也不知道這裡有間二手書店。

說起來，下一次不知道又要落腳在哪裡。畢竟不會隨著時間老化的自己，如果一直住在同一個城市，是會引人懷疑的。

這次是難得的幸運，才能夠跟孫女住在同一區。

他們踏入了二手書店，很驚訝的發現，這裡其實是一間二手拍賣場，不只收集著書冊，更有著許多的物品跟收藏品。

坐在櫃檯的女人年紀約莫接近四十歲，一頭長髮披在身後，臉蛋小巧，看得出來年輕的時候相當漂亮，其實現在也充滿著一種舒適的風情，臉上蕩漾著溫柔的笑意。

她看見俞平踩下階梯，立刻站起身來，熱切地招呼著：「想要找些什麼？還是你們自己想隨便看看先？」

她邊說著，邊往俞平的身後瞄了一眼，又飛快的低下頭來，狀若不經意的捧著手上的書，笑容未變，只是加深。

俞平沒注意到老闆娘的異樣，「跟妳問一套書，叫做《四國戰記》。需要告訴妳內容嗎？」

老闆娘揮揮手，笑得溫和又婉約，彷彿是舊時代的女人，卻從容的活在現代社會，「不用，我知道這套書。但是當時賣得不是頂好的，沒什麼人知道。」

俞平緊皺的眉終於放鬆了下來，這趟沒白跑！「那這裡還有留嗎？我要買一套。」

老闆娘咬著下嘴唇，微微思索的表情，相當有味道。「似乎……有留下幾本，齊不齊我倒是沒把握。」她笑了一下，「這樣還要嗎？」

「嗯。麻煩了。」俞平點點頭，正打算開口請老闆娘幫忙找的時候，他耳邊傳來了一聲尖細的尖叫聲。

俞平瞬間變了臉色，這是阿書的聲音！

他慌張的掃了一眼老闆娘，卻見老闆娘巧笑倩兮，巴掌大的臉，笑臉盈盈的看著他，「很上等的靈體啊！」又乾淨又美味，她舔了一口嫣紅的唇瓣。

「妳！」俞平瞪大了眼睛，往這個地下室的賣場一掃，卻頓時覺得幾排而已的架落，一時之間竟然往外延伸，俞平揉了揉眼，不敢置信，整個賣場竟還是一望無際。

他只能徒勞的大吼一聲，「你們把阿書怎麼了！」

「不要過來，好討厭，救命啊！」阿書的聲音又響起，俞平雙手合十重重一拍，懷中的筆記本自動翻飛出來，上頭的五色鳥閃閃發亮，隱隱欲出。

「這麼緊張做什麼？」老闆娘瞳孔內的眼珠深如墨色，只是溫和一笑，俞平就覺得動彈不得，老闆娘的身子探出了櫃檯，鼻尖幾乎抵在俞平面前了，一陣薰香味飄盪入俞平的鼻腔。

「那個靈體就給了我吧？」她魅惑的說著。「你得了她也沒用處，這城內現在人人都想要她，就乾脆便宜我吧……」

俞平卻大大打了一個噴嚏，鼻水齊飛，「妳休想，妳不把她交出來，我就把這裡拆了！」

他的口沫都噴在了老闆娘臉上，讓她額上的青筋抖動了幾下，溫婉的面容頓時碎裂，咬著下唇，憤恨的說一句，「原來迷香對你無用啊……」

老闆娘暗自心驚，心想識時務者為俊傑。

少女跟這男子，都不是她吃得下的獵物。雖然那個靈體可以讓小狐狸們的修為大增，不過既然對方不肯給，自己也不是什麼強取豪奪的主，那就罷了吧？

她抹了抹臉，又掩著嘴笑，面色變化之快，讓人目不暇給。她乾脆從櫃檯內娉婷走出，按了按俞平的手，「好了好了，小朋友們玩玩罷了。」

她吹了一聲口哨，幾隻像是大狼狗的東西往櫃檯這裡狂奔，牠們用鼻尖拱著阿書的身體，交叉著將她拱到了背上。

上頭的阿書不斷發出尖叫聲，只是一臉樂得很，跟這幾隻大狼狗玩得正起勁。

這幾隻看起來像是大狼狗的犬隻，一奔到俞平眼前，讓他定睛一看，才發現卻都是些皮毛鮮豔的大紅狐狸，只是隻隻肥美豐碩，看得出來營養充足。

「呵……」老闆娘掩著嘴，輕聲地笑著。

「小姑娘的靈體一點雜質都沒有，算的是上百年難得一見的。」她斂了斂神色，「莫怪我們家小朋友忍不住要和她親近親近。」她話尾還是忍不住笑著，眼尾風情流露。

俞平瞪著阿書，「不是叫妳跟著我嗎？為什麼要亂跑？」聲音壓低了幾分，語氣嚴肅，雖然阿書沒受到傷害，但剛剛老闆娘說的話似真似假，讓俞平內心實在大為光火。

阿書一臉委屈的看著俞平，手指交纏在身前扭啊扭的，「因為我看這裡……很多書嘛！我一時忍不住就……」

「很多書妳就可以亂跑嗎？」俞平怒氣未消，瞪到阿書自己慚愧的低下頭。

「好了好了，我把你們要的書找出來，送給你們吧，算是我的小小賠罪。」老闆娘又吹了一聲口哨，一隻火紅狐狸往內竄，不一會兒，就叼來了三本薄薄的舊書。

「哇嗚！是《四國戰記》欸！」阿書顧不得害怕狐狸嘴下的尖牙，立刻撲向前，想從狐狸嘴下搶下她心愛的書。

「別亂來！」俞平眼明手快，一伸手拍下了阿書不安分的手掌。

「呵……你們倆真是有趣得緊。」老闆娘的眉眼掃了掃，風情萬種的笑著，拿下了狐狸嘴中的三本舊書，親自遞給了俞平。

俞平接過書後，翻到最後的出版頁目，仔細的看了一下年代，「距今已經十年了啊！」看來阿書並沒有死太久，雖然十年也不是一段太短的歲月。

老闆娘點點頭，「是啊！當初賣得不甚好，不過內容卻是不錯的，劇情環環相扣不說，人物性格也都是各有千秋，給了你們，我還覺得可惜呢！」

俞平隨手把書遞給了旁邊眨巴著眼的阿書，打算掏出錢包，「老闆娘，還是算一下價錢吧！」

老闆娘又掩著嘴笑，「瞧我這張嘴巴，都說要送你們了，還這樣亂說話！」她輕輕的打了自己的臉頰兩下。

「之後，些許有機會還要麻煩你呢！」她意有所指的說著。

俞平抿了抿嘴唇，在這個老闆娘面前，他渾身不自在，雖然對方非常親切，卻讓他有種如坐針氈的感覺。

而且老闆娘笑得那樣風華絕代，卻讓他起了一身的惡寒。

「那就謝謝你了。」他道謝之後，拉起立刻翻起小說的阿書，打算離開這裡。

「提醒你一聲，我要是你，就會看好她。」她青蔥般的食指，指著阿書。臉上盈滿笑意，卻沒到達眼底。「別讓她出門了，興許還有一絲機會……你總不想全島的妖怪都傾巢而出吧？」

「……謝謝妳。」俞平聽見老闆娘的話，回頭點了一下，趕緊踏上階梯走了。

老闆娘在俞平走後，把食指放進嘴裡，嘖嘖的吸吮著。那根手指，剛剛拂過了俞平的手掌心。她喃喃叨念著，「那個男人好像很好吃呢。」

「胡姐姐，怎麼忽然轉了性子？」在她身前的幾隻火紅狐狸，在半空中翻了個身，都落地成了一個又一個的嬌豔少女。

「胡姐姐不是一向喜歡白面書生嗎？嗯！套一句現在的話，就叫做花美男哦！」其中一個綁著俏麗馬尾的少女，偎向了老闆娘，姿勢親暱。

「偶爾也要嘗嘗正港男子漢的味道嘛！」老闆娘捏了捏馬尾少女的臉頰，「好了好了！誰准妳們轉化人身的！通通都給我回去修煉！」她半真半假的發起怒氣。

少女們紛紛賴過去撒嬌，在寒冷的冬天下，這個簡陋的地下室二手書店，竟然是一窩春意盎然的狐狸窩。

老闆娘見這些小狐狸們又趁機犯懶，罵也罵不動，索性又拿起了剛剛看到一半的書，心裡想，那個跟在男人身後的生靈，到底是什麼來歷？

這年頭，由人魂而來的生靈，誰沒有個什麼雞毛蒜皮的怨恨？

那個小姑娘，卻眼神清澈，光是看著就令人舒心，傳聞中沒有怨恨的靈體，就是最好的煉器基底，也是上好的滋補食品……

這座小城市出了一個這樣的香饃饃，可別出什麼亂子才好啊！

老闆娘又蹬上高腳椅，托著腮，百無聊賴的翻著手上的書。

第三章　身世之謎

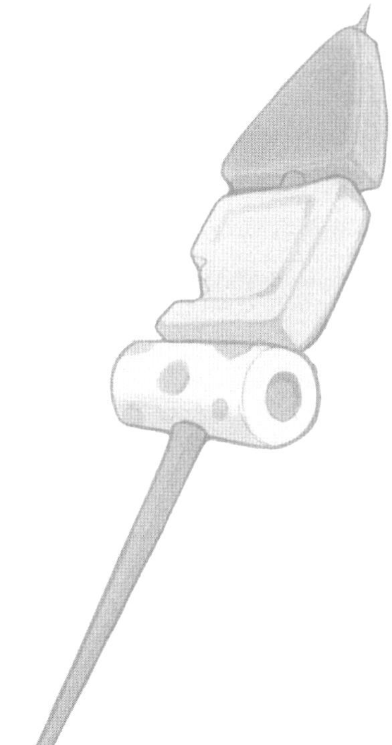

帶著唯一的線索，俞平跟阿書回到了學校，他從書的出版年代來推論，阿書應該是近十年以來的人，不然她不可能買的到那套書。

畢竟只有活人才能上書店買書。

根據阿書本人自述，那套書一上市，她就掏出難能可貴的零用錢買下來，而且書店老闆娘也說了，那套《四國戰記》賣得並不好，估計沒有再版的可能了，基本上可以把阿書的死亡時間，確定在這十年之間。

再說俞平處理了兩百多件的大小案子，什麼樣的人魂他都碰過，他也大略猜得到，阿書的死因必然跟圖書館有關，不然她不會選擇圖書館落腳，一待就是十年。

直到圖書館被拆得七零八落，才脫離她落腳的地方，到外邊飄盪。

但一回到學校的圖書館後，俞平跟阿書面對著荒涼的工地，卻感到束手無策。

這裡已經被拆得空無一物，這次校方下了大手筆，要把這裡蓋成一棟新的圖書資訊大樓，勢必連地基都要重新弄過。

俞平轉了兩圈，想找個教職員問問，不過適逢寒假，行政人員大多跟隨著學生的行事曆，放起了寒假，因此空蕩蕩的校園內，幾乎沒什麼人煙。

正當俞平一籌莫展的時候，一名男子急急穿過他的身旁，手上捧著大本的哲學史，不小心撞上了他，重如磚頭的書，還精準的往俞平的腳上砸了下去。

俞平面容扭曲，雖然忍住了，沒發出丟人的慘叫聲，但他暗想，他的右腳五根腳趾，就算沒骨折，恐怕也已經青了一片。他晃了兩下，試著踩在水泥地上，卻非常疼痛。

慌慌張張的男子倒是非常愧疚，趕緊扶著俞平，「你沒事吧？我正思索著一個哲學問題，一沒留神撞上了你……」他想拿擦擦額頭的汗，卻又把自己口袋的手帕給翻了出來，掉了一地的衛生紙跟零錢。

活脫脫一個冒失鬼啊！俞平嘆口氣，「沒事。」先安撫了一下對方。

但是他的右腳，一踩在水泥地上，又立刻傳來一股椎心的刺痛，讓他瞬間皺起了眉。

「好像很痛啊！我叫傅以秋，先到我宿舍去坐坐吧？」男子很愧疚的扶著俞平，往前面一整排的小洋房指著，殷勤的要俞平先休息一會，說什麼就是不肯這樣把傷患放在原地。

俞平本來心想，這傷應該沒什麼大不了的，休息一下就好了，但是看傅以秋這麼殷勤，甚至在對方表明了身分之後，發現他還是這所學校的教授，心裡就打起了小算盤——說不定可以問問他關於圖書館的事情。

傅以秋是承平大學的哲學系教授，今年夏天剛到學校報到，因為人生地不熟的關係，現在還住在學校宿舍。甚至說起來，傅教授還蠻年輕的，今年才剛過三十五歲生日。

俞平想了一下，也就讓傅以秋帶他過去了。

「俞大哥，今天真的不好意思啊！」傅以秋倒了兩杯白開水在紙杯內，靦腆的抓抓頭，「我這裡就只有水，俞大哥還想喝點什麼嗎？我去便利商店買。」他邊說邊走，還真的抓起了他破破爛爛的錢包。

俞平內心納悶了一下，這樣單純的男人，是怎麼長到這麼大，還當上教授的？就這樣要把一個陌生人放在自己的宿舍內？難道都不怕小偷？

「不用了，我喝杯水就好了。」俞平端起了桌上的紙杯，一口一口喝著。

看到俞平面無表情的喝起開水，傅以秋倒是慢慢的鎮定下來了，他們兩個閒聊了一會，有一搭沒一搭的，傅以秋自然是好奇俞平來校園的原因，幾個話題之後就帶到了。

「想找些舊報紙，查幾件事情。」俞平淡淡的張口，他沒仔細跟傅以秋說，只說自己想找些舊的報紙，想查一下某個年代的新聞。

沒想到傅以秋卻神祕兮兮的笑了一下，「俞大哥，你知道確切的日期嗎？」

這句話問得俞平一愣，倒是想了一下，「只知道大概是哪個年代的事情，大約是距今十年前吧！嗯，應該跟你們大學的圖書館有關。」

傅以秋坐到了電腦桌前，按開了螢幕，食指運指如飛，「大哥，隨著圖書館改建，舊報紙早就都被扔得精光了。」

俞平愣了一下，他還真的沒想到這一點。

傅以秋笑了一下，快速的登入了學校的圖書資源庫，輸入自己的教師身分，通過驗證，進到了後臺查詢。「距今十年，跟我們學校圖書館有關係啊……」

設定好搜索條件之後，一下子電腦螢幕上出現了幾千條的訊息，小至圖書館買了什麼書、大至校長的更換、圖書館的預算更改、設備採買等等，俞平簡直看傻了——沒想到竟然有這麼多！

傅以秋倒是不以為意，又仔細的問了一下，「俞大哥，你剛剛說是新聞事件是吧？我幫你篩選看看。」

他手指靈巧，閱讀的速度又極快，在鏡片後面的大眼睛，閃爍著自信的光芒，他能以這麼年輕的年紀，當上承平大學的教授，就是歸功於他發布在海內外，非常有系統的論文，以及充滿邏輯的思辨能力。

不一會工夫，上千條的訊息被傅以秋篩選到只剩百來條，他專注地推著眼鏡。俞平喝完了紙杯裡的茶，又乾脆自己走到桌上的熱水壺，替自己再斟一杯。

俞平沒什麼優點，優異的耐心，是他比較可以拿得出手的特質，反倒是一旁不斷打轉的阿書，已經在傅以秋的書櫃下頭，捧著一本不知道是哪個名人的人物傳記，津津有味的翻閱著。

好在傅以秋非常專心於眼前的電腦。

俞平又轉了個身，稍微挪動一下椅子，遮住了一本本被阿書拿到手上，就開始隱形的書籍——萬幸待會都會復原，還原成陽世的物品。

他丟了幾個眼刀過去，無奈阿書沉浸在自己的世界，恍若未覺。

「啊！俞大哥，你要找的是不是這個？」傅以秋忽然怪叫了起來，指著螢幕上方的一條舊新聞，短短的幾百字，標題卻怵目驚心——「少女死於火場濃煙，大學圖書館卸責！」

俞平湊了過去，隨傅以秋喃喃念著的聲音，快速地瀏覽，他忍不住越看越心驚！

承平大學在十年前曾經起過一場大火災，案發地點就在這棟大學的圖書館，因為起火源在地下室，所以造成大量的悶燒效應。

而且非常不幸的，起火時間竟然是在半夜三點，校方以為那個時段並不會有學生在館內，所以消防隊員也沒有進入火場搜救，只在外圍滅火。

等到大火幾乎滅了之後，天色也亮了。

他們卻在圖書館的三樓，發現縮在書櫃角落的少女屍體，被濃煙嗆得暈了過去，最後因為吸入了過多的二氧化碳，喪生在這場大火之中。

雖然研判是因為少女身型過小，又在書架下看書看到睡著，才沒有被警衛發現，但是沒有確實閉館，跟救援上的判斷錯誤，還是引來了一些媒體的注意，刊載了一些後續的新聞報導。

只是好幾年過去了，也只剩下這一篇短文了。

這篇幾百字新聞內，還附上了照片，雖然屍體的臉孔模樣打上了馬賽克，但是不管是身形還是年紀，都跟阿書幾乎一模一樣。

找到了，這就是阿書死掉的原因！

俞平額上冒了幾滴冷汗，沒想到芳華正盛的少女，竟然死於如此意外的火場。他還真的不知道該怎麼跟阿書開口，正在猶豫之間，背後竟然傳來了少女的驚呼聲。

俞平立刻轉頭，他的心臟幾乎停擺了一秒。

阿書緊貼在他身後，低垂著頭，臉上淚痕漣漣，緊盯著螢幕上的照片，聲若蚊蚋的開口，手指顫抖，「那是我嗎？那就是我嗎？」阿書尖叫了起來。

「阿書，妳先冷靜下來！」俞平喝了一聲。

傳以秋是徹底的絕緣體，他丈二金剛摸不著頭緒，愣愣開口，「俞大哥，你在跟誰講話？我很冷靜啊！」

傳以秋的話，在俞平跟阿書之間橫插上一槓，讓阿書更瘋狂的尖叫起來，透明的靈體瞬間染上了火焰，大火襲上阿書的身體，讓她在幾秒內燒得焦黑，然後風化崩碎。

俞平伸出手，只撈到一掌心的灰。

眼前的教師宿舍，簡樸的模樣，雪白的牆，好像一切都很正常，但是空氣中迅速傳來了灼熱感，眼前的景象微微扭曲。

「俞、俞大哥！」傳以秋大驚，趕忙拉掉了電腦的插頭，算他還有點常識，不過他第二步卻是慌不擇路的打算跳窗，俞平趕忙把他拉了回來。

「你幹嘛？這裡是三樓！跳下去不死也半條命沒了。」俞平厲聲阻止著傳以秋。

沒想到這傢伙卻逐漸軟倒下來，「俞大哥……我小時候差點死在火場裡，我這輩子最怕的就是火災……」

傅以秋動了動鼻翼，「沒錯！這就是房子燒起來的味道！我、我不行了……」話還沒說完，傅以秋就閉上眼睛，死死昏了過去。

俞平瞪大眼睛，心想，這傢伙也太敏感，還沒看到一絲火苗，就已經暈了，他索性把傅以秋扛到床上，蓋上了毛毯。

自己則是端坐在地板上，靜靜打坐，不斷喃念著，「何以故？一切有為法，如夢幻泡影，如露亦如電，應作如是觀。」

他心裡默念金剛經，告訴自己這場大火只是幻覺，是阿書製造出來的幻覺，只要能撐過心裡的恐懼，便能還原本相，什麼事情也就沒有了。

但是隨著他誦念的聲音越響，房間內的溫度越高，甚至連牆上的壁紙都微微的捲了起來，從邊緣開始燃燒。

俞平還是緊閉著雙眼，持續誦念著金剛經。

因為相信，所以成立，不相信就能夠破除幻覺！他加快了口中持咒的速度。

「你傻啦？幻覺歸幻覺，都要燒起來了，還不快逃！」一個柔軟的腳掌，踏上了他的肩膀，對著他的耳邊嘶吼。

「冬末？你怎麼知道我在這？」

俞平聽見熟悉的聲音，睜開了眼睛，嚇了一大跳！整間房間幾乎已成火海，炙熱的悶燒感籠罩著房間，床上的傅以秋已經面色慘白，似乎就算昏厥過去，仍然受到幻覺的控制。

「你別管了！我帶這個人類出去，你去找阿書！」

冬末跳上了床，一張嘴，尖尖的兩邊牙齒咬上了傅以秋的衣袖。「阿書的能力可以超越幻覺，這已經是一場即將從陰間燒入陽間的大火了！如果讓她成功，這座城市恐怕會燒得連渣都不剩！」

冬末拖著傅以秋往床下移動，「快去！你把阿書找出來，讓她停止這場火。」牠拱著身體，發出威嚇聲，催促著俞平。

俞平愣了一下，不敢相信自己差點害死了傅以秋，但他重重點頭，要不是自己的粗心疏忽，就這樣帶著阿書四處尋找生前的記憶，也不會引發阿書的失控。

這件事，他難辭其咎！

他忍著高溫的劇痛，扭開了宿舍的大門，一抬頭，哪裡還有宿舍的樣子？兩旁的書架正在起火燃燒，他迅速回頭，身後已經是長長的圖書館迴廊。

「回到了當年的那場大火嗎？」

俞平牙一咬，雖然周圍的火焰虛幻的飄燃著，看起來不如陽間的火一般迅猛，但是如此高溫還是讓他汗如雨下，皮膚感到陣陣即將焦裂的疼痛。

他判斷了一下位置，這是圖書館的一樓，擺放著一些工具類的書籍跟幾臺電腦，他奔向迴廊的盡頭，在電梯跟樓梯之間，快速的選了樓梯往上跑！

天知道這時候的電梯還能不能用？

他一路往上跑，他記得新聞中，阿書是被燒死在圖書館的三樓。

俞平跑得很快，幾分鐘內就到三樓了，但是一踏入三樓的書籍區，頭上的電燈卻閃了幾下，快速熄滅了下來，甚至蔓延著越來越多的濃密黑煙。

在火場中，人會伸手不見五指。

俞平腦海閃過以前在書上看過的告誡，原來竟是真的！他拉起了衣服，掩著自己的鼻子，試圖摸索出一條道路。

在跌跌撞撞之間，他的耳邊傳來了微弱的哭聲，俞平一振，這是阿書的聲音！他跌倒了幾次，乾脆雙膝著地，在地上爬行著，閃躲著一個又一個即將倒塌的巨型書櫃。

眼前一片黑，冬末的話還言猶在耳，如果自己無法阻止這場火，那這座城市也將毀為一旦！

他不知道自己爬了多久，在黑暗的濃煙當中，屢屢因為嗆入黑煙而咳嗽著，彷彿過了一個世紀長，久得連俞平自己都不知道能不能堅持下去。

但是因為阿書的哭聲那樣的無助，不斷的在前方抽泣著，俞平還是堅定的往前爬，直到他的雙手，摸上了哭泣中稚嫩的面孔。

阿書的淚水串串撒了下來，落在他的手上，燃起了一個又一個火花。俞平感到一陣劇痛，但是他卻不想鬆手。

「阿書，來，來大叔這裡。」

俞平挪進了阿書躲藏的書櫃，把她抱到了懷裡，阿書是這樣的小，就跟自己的女兒一樣嬌弱，還有大好的人生等著她們，她們卻在綻放的初始就步入死亡。

「大叔跟妳說，死亡只是一個過程，就算死掉了，仍然可以感受這個世界，仍然可以思考，妳，還是妳。」他溫聲說著。

阿書持續啜泣著，對於俞平的話毫無反應，他們倆周圍的火焰溫度越來越高，大火開始往他們所藏身的書櫃前進，發出了焦融的倒塌聲。

俞平急得連後背都竄出了滿滿的汗，然後又被四周烈焰瞬間烘乾。

可惡，連眼睛都要張不開了！

兩人底下的地板開始震動，這樣的高溫幾乎融化了整座建築物的骨架，窗外的玻璃在擠壓當中應聲碎裂，往外墜落，轟隆隆的聲音不絕於耳。

「阿書！妳快點醒過來！這是幻覺！這場火不會再傷害妳了！」他厲聲說著，一句一句吼著，無奈阿書仍然沉浸在自己的悲傷當中，俞平的話語沒有辦法到達她的耳朵裡。

俞平這時糊成了一團的腦袋，忽然閃過了一絲靈光，他放軟了語氣，哄誘著懷中的少女。「阿書，還有很多很多的書在等妳。」

他咧開了嘴苦笑，拍著阿書的背，「妳想看多少，大叔都買給妳，好不好？快點醒來好嗎？」

快點醒來吧，阿書……別被過往的傷痛困住了。

許下了慎重的承諾，阿書的哭泣聲果然慢慢停下來，她抬頭看著俞平，雙眼通紅，哭得很淒慘，她一切都想起來了，自己是如何無助的死在這裡，在半夜三點一個人，充滿著恐懼的死去。

「想要多少書都可以嗎？」她囁嚅了一下，「大叔都會買給我，買給這樣的我？」她的淚水不斷溢出，臉上盈滿了恐懼。

「嗯！阿書是好孩子啊！」大叔堅定的點了點頭，阿書得到保證之後，撲向了俞平，哭得唏哩嘩啦，懷中緊緊抱著一本泛著藍光的書籍，那是她的記憶。

在阿書的淚水當中，這本書籍化成了點點螢光，向外發散，澆熄了四周的火焰，平息了大地的躁動，阿書終於把一切都想起來了。

在這一場焦灼的大火當中，因為失控的情緒，意外得回了自己的記憶，但是俞平的允諾，又讓她一瞬間放下了所有的不甘，不僅淨化了自己的記憶，還連帶安撫了滾著熱浪的建築物。

你與我，都不可能做得到的「捨得」，阿書只在一瞬間，就全捨，也全得。她捨去了記憶，卻得到了天賦異稟的自己，她從一個純淨的魂魄，成了一個能夠操縱幻覺與火焰的初始者。

她抽抽噎噎的哭著，緊緊抱著鬆懈下來的俞平。

「還好來得及……」俞平嘆口氣，躺在半焦的牆面上，已經分不清楚自己身在何方了，身旁一團毛球破空而來，落在他的肩膀上。

「累死我了！為了阻止這場火，我幾乎框了一個足球場那麼大的結界欸！」冬末喳喳呼呼的抱怨著。

「你看過足球場嗎？」俞平放鬆的笑了，冬末來了，就代表一切都沒事了。他終於支撐不住，軟軟倒下。

「哇嗚！大叔你怎麼了？」顧著哭的阿書，看著俞平昏迷，拚命尖叫了起來。

冬末皺了皺眉，還是跳上前去，咬著阿書的後領往後拖拉，「走啦走啦，他沒事啦，妳別哭了，哭得我耳朵痛吶……」

這場大火，燒毀了承平大學大半的宿舍，起因不明，火場鑑識科來了幾次，都還是找不出起火的源頭，最後只能在案件單上打上了晦暗不明的「自燃」。

然後闔上了報告，塞進櫃子深處。

反正幹這一行的，誰沒有看過幾次不尋常？

俞平躺了兩天就自行出院，畢竟他沒有受到太大的燒傷，連消防人員都嘖嘖稱奇，等他回到食堂內，阿書倒是一臉愧疚的看著他。

「大叔，對不起。」她大喊一聲，然後深深一鞠躬。

「嗯。」俞平把一個沉重的袋子放到桌上，又回到料理臺前準備著當天開店所需的食材，切切洗洗，好不忙碌。

冬末跳上了料理臺上的大理石桌面，「事情不能再拖了。」

「她的能力到底是啥？」俞平頭也沒抬，但是冬末知道他的意思。

「沒有怨恨、沒有不甘。可以打破陰陽規則，煉器的最佳根柢，淨化記憶之後，還初窺天道，估計能力是操縱火焰。」

「那又怎麼樣？」

「老大！現在外面穿鑿附會，說吃了她可以升天。我呸！」冬末氣呼呼，說著這幾天牠打探來的消息。

「嘖嘖。」俞平切著洋蔥，下手俐落，每一絲的洋蔥絲大小不差分毫。

「送她去水煙那裡吧？只有陰間才能保護她。」冬末抬起頭，張大一雙眼睛。

「……」

俞平聽到冬末的話，放下手上的菜刀，定定看著正埋頭苦讀的阿書，那是他出院之前，在醫院的地下室書店買的，那本叫做《棋間人生》，是在講職場的故事——反正阿書不管什麼書都可以看得津津有味。

「我答應過她要買很多的書給她。」我不能失諾……

「你只會害死她。」害她被各方妖怪你一口、我一口。

俞平與冬末眼神來往幾回，俞平終於鬆口。

「……我知道了。」

他對著面前的冬末說了一句，又繼續切著他的洋蔥。

只是切沒幾下，嘴裡嘖了一聲，不耐的將洋蔥掃到一旁。拿出了野生的大芋頭，手起刀落，刀法簡潔俐落，力道毫不保留。

瞬間芋頭就被斬成了好幾段，頭尾分家。

「拿食物出氣你這是幹什麼呢……」冬末碎念了一句。

在閃著銀光的菜刀揮過來之前，冬末迅速往上竄逃，又回頭威嚇性的嘶了一聲，尾巴蓬鬆得像是松鼠一般，幾個跳躍，消失在店內。

過了幾天，一個快要打烊的凌晨，俞平停下了手上的工作，任由關東煮的小盤子，在水龍頭底下沖刷著。

「阿書，妳有沒有什麼遺憾？」他問得突然。

阿書剛看完了俞平買給她的書，坐在店門口的階梯上，看著月光發呆，沉浸在剛才的劇情中，她聽到了俞平的問句，茫然的回頭，「啊？」

「每個人不管怎麼死的，總會留下一些遺憾，妳呢？」俞平關了水龍頭，擦了擦手，正色看著阿書，冬末前幾天說的話，這些天一直在他心裡迴盪。

硬要將阿書留在陽間，只會害了她而已。

害她被眾妖怪，你一口、我一口……

「我嗎？」阿書偏了偏頭，思索了一下，「嗯，沒有什麼特別的遺憾，硬要說的話……我想去看我阿嬤！但她在雲林……可以嗎？」她問得小心翼翼，因為她已經很久沒有回去阿嬤家了。

自從她回到爸媽身邊之後，就不再被准許回到童年的阿嬤家了！

俞平沒有回話，他又繼續洗著流理臺中的碗盤，在一陣靜默當中，阿書期盼的眼神逐漸黯淡，又轉頭看著皎潔的月色發愣。

大叔可能覺得很麻煩吧……阿書的內心有些許落寞。

俞平洗洗刷刷好一陣子之後，拿起了乾淨的布，將碗盤一個個擦乾，放回了架上，讓它們在一整天的忙碌結束，可以好好休息。

他走到了拉門前面，把竹製的牌子翻了過來，對外掛著「今日公休」。

「欸？大叔你明天不來店裡嗎？」阿書看到俞平的舉動相當驚訝，畢竟食堂真的很少休息。

他發動了機車，「會來啊！」在阿書疑惑的目光中，他戴上了安全帽，「來載妳啊！不是要去妳阿嬤家？雲林的話，要搭火車。」

阿書愣了幾分鐘，俞平自顧自的發動機車，道了聲晚安，催下油門，往自家小套房的方向快速騎走了，留下阿書一個人站在食堂的門口。

「耶！大叔你是大好人！」幾分鐘後，阿書終於反應過來，把手圍成喇叭狀，圍在嘴邊，朝向俞平離去的方向大喊！

她內心好高興，本來就離地半尺的雙腳，搖搖擺擺往上飄，一直飛到了屋頂上。

她抱著膝蓋坐在月色下的屋頂瓦片，明亮的月光灑在她身上，不知怎麼的，她從死後，一直自覺冰冷的靈體，今天晚上卻覺得非常溫暖。

有人曾經告訴她，每個人心中都有一顆屬於自己的太陽。

而大叔，原來就是自己的太陽……

她側著頭，竊笑了一下，又彈了一下手指，店內書櫃上的一本漫畫書，開始搖搖晃動，往上慢慢飄浮，穿過店內的天花板，飄到了阿書的手上。

阿書滿意的笑了一下，拍了拍手。

她笑得很恬靜，靜靜的翻著手上的書，手指摩挲著紙張微微起毛的邊緣，這本書是俞平的收藏，內容是日本的廚藝見習生，往夢想中廚師之路的修煉生活，阿書已經看了很多次了。

她一頁一頁的翻著，看得很慢，很珍惜。

此時，遠處的一道目光閃了一下，在黑暗中像是野獸的眸光一樣。

那道眸光牢牢盯著阿書的側臉，喃喃念著，「人魂的能力……竟然強至此？」他著迷的看了許久，流露出貪戀的神情，才念了幾聲咒，默默消失在遠方。

阿書恍若未覺，只繼續看著漫畫書中每一道精緻的日本料理流口水。

不知道大叔願不願意做給自己嘗嘗看呢？

隔天一大早，阿書還趴在店內睡得迷迷糊糊——基本上人魂也是需要休息的，只是不用跟生前一樣，非得睡滿八個小時的美容覺才行。

但是因為迷糊鬼阿書，死的時候把自己的記憶剝離，得回記憶之後又把它通通淨化得連渣都不剩，現在生前的習慣，幾乎讓她保留了九成。

「起來了！不快點火車要開了。」俞平站在大門，拉開了木製拉門，讓陽光灑進室內，刺得阿書不睜開眼睛都不行。

「好啦好啦！」阿書瞄一眼牆上時鐘，發出慘叫，「現在也才六點啊大叔！」嗚嗚，她昨晚可是熬夜把一整套《將太的壽司》都看完了，不過最後這句話，她可是沒膽跟俞平開口的。

在俞平默不作聲的目光中，阿書心不甘情不願的飄了起來，把自己掛在俞平的後背包，只差沒綁個結上去，一路跟著俞平往火車站的方向飄。

等到他們搭上火車，阿書才哭喪著臉哀嚎了起來，「完蛋了！我忘記帶本書上火車了……」

俞平的太陽穴鼓動了一下，他伸手把站著東張西望的阿書一把拉下，扯在身旁的空位上，壓低聲音說著，「坐好！不要亂跑。」

他們要跨好幾個縣市才到得了雲林，這一路上不知道會不會發生什麼事情，這小妮子還敢對他哀哀叫，說忘記帶書出門？

敢情現在他是在帶嬰兒？出門還要準備奶瓶跟尿布？

阿書在俞平威脅的目光中，只好乖乖坐下來，還好現在是上班日的早晨火車，車上的人並不多，可以說是空蕩蕩的。所以不用怕會有冒失的陌生人，一屁股坐在阿書身上。

不過因為阿書太無聊了，只好在俞平身邊聒噪的講著最近看書的感想，還順便暗示了俞平一下，店內的書差不多看完了，有幾本書她很想看，該是下訂單的時候了！

俞平在內心暗暗嘆了一口氣，把眼睛閉得更緊一點，不去理會耳邊聒噪的噪音，以及嘰嘰喳喳之中，印出來簡直是一長串，可以把人裹成木乃伊的買書預約清單……

最後，一人一魂，在搖搖晃的火車節奏，以及窗外偶爾竄進來的田野香氣中，都不知不覺的陷入沉睡，睡得東倒西歪。

火車，在快要進入員林的時候，進入了長長的隧道。

整列火車上的人都睡得很熟，渾然不覺火車在隧道中穿梭的時間，已經久得不太尋常──只餘列車長一人，不斷的擺弄呼叫系統，緊張得滿頭大汗。

這段沒有盡頭的隧道，到底要帶著這列火車前往哪裡？列車長的內心獨自吶喊。

「砰！」

一聲重響敲在火車屋頂上方，一個粗獷的男子跳上了火車頂，他赤裸著雙足，外表雜亂無章，手上拿著長叉，一頭長髮糾結在腦後。

他在劇烈搖晃的火車頂上，彷彿在平地一般平穩的前進，走到了其中一節車廂，手上長叉高高舉起，就要往下插入。

「喵！我的人你敢動？」一個嬌小的身影，圓乎乎的擋在長叉的落點，只差幾公分，就要襲上牠咖啡色的貓身。

「汝……為何人？」野人巨大的聲音響起，轟隆隆的宛如大鐘，他橫眉豎目，顯然極為不滿冬末的阻撓。

「神獸是也！」

冬末膨脹起來，巨大的貓身迅速脹大，成為一隻兩人高的大貓，額上的條紋發亮，一個王字顯現在牠額頭頂端，有力的大尾，不斷甩在火車上方，發出陣陣砰砰巨響。

「白虎？」野人瞪大了眼睛，「汝為何在此？」他揮舞著手上的長叉，破空之聲，聲聲刺耳。

冬末咧開了嘴，伸出巨大的貓掌，往眼前重重一拍，火車的屋頂瞬間凹陷了一小塊，亮出了尖牙，回對方話：「關你屁事！」

牠輕佻的示威。「吼！」怒聲哈氣。

「汝！」這下可把野人氣得不輕。衝上前去，就想把冬末踹下火車頂。

冬末的身軀雖然脹大幾百倍，卻仍然行動敏捷，上竄下跳，尖細的爪子配合一雙銳利的虎牙，讓野人絲毫討不到便宜。

「汝實在可惡啊！」野人搥胸朝天吶喊，反轉長叉的背面，以棍的武器型態為主，攻了過來。

冬末左閃右躲，野人的一套棍法，揮得虎虎生風，不是冬末不想全力以赴，而是牠怕一掌下去，打壞了人類嬌弱的高科技玩具，裡面可還坐著俞平跟阿書呢！

不斷閃躲的結果，就是冬末幾乎讓棍子貼上了牠驕傲的鼻頭，最後冬末的鼻子擰出怒紋，大吼一聲，「滾回去你的修羅道吧！」

冬末動了真格，打算在幾秒內解決野人！牠一甩巨大的尾巴，上頭顯現著白色條紋，彷彿閃電一樣清晰的亮起，往野人身上一掃，再追加兩下沉重的虎掌跟上拍擊。

野人在那一瞬間被掃倒了雙腳，往火車的側邊滾了幾步，一不小心掉下了車頂，只剩一隻手單獨扒在屋頂上的窗邊，面目猙獰。

冬末絲毫不給對方機會，竄跳過去，伸出銳利的爪子，往野人的手掌一耙抓，三道穿透血肉，深入骨頭的爪痕，立刻出現在野人手背上。

野人忍耐著椎心的痛，看著冬末囂張的模樣，現在才恍然大悟，「原來是汝！被遺棄的白虎！」他從鼻孔哼了一聲，往下摔落到鐵軌底下，沒有發出任何聲音。

終於逃走了！冬末收了一口氣，甩甩一身因為打鬥沾染上的灰塵。

不過牠心底明白，這傢伙雖沒什麼通天的神通，就一身銅皮鐵骨，力大無窮，但最麻煩的是執著得要死，這次盯上了阿書，恐怕難以善了。

火車繼續平穩的開著，似乎對火車頂上剛發生的事情一無所知。

吼吼—

又開了幾分鐘，永無止盡的隧道終於出現了出口的光亮，在車長室的列車長急得幾乎發狂，快把滿頭的頭髮給抓光！

他拚命按著無線電大喊，「救命啊救命啊！我們被困在隧道內了！」

無線電的另一方扭曲了一下，終於在他滿心的希望中接上了！但他的同袍，卻在另一端狐疑的回他，「你在說什麼啊？你們才在隧道中三分鐘而已。」

另一道聲音插進來，「你最近壓力太大了嗎？」那是列車長頂頭長官的聲音。

列車長迅速把手上的錶抬起來，怎麼可能？這三分鐘怎麼可能這麼漫長？他內心快要崩潰，卻害怕丟了這份工作，只好強裝鎮定的回答無線電，「報告長官，是我看錯時間了。」

無線電被掛斷了，只微微發出著電子儀器的噪音。

列車長頹然坐倒在火車的地板上，喃喃自語，百思不得其解。

「怎麼可能？剛剛我們到底去了哪……」

俞平在自己的位置上，陷入了深深的沉睡，他已經很久沒有這麼熟睡過了，阿書倒在他旁邊，枕著他的大腿呼呼大睡，還流出了一絲絲銀亮的口水。

忽然，一團暖呼呼的毛球，降落在他另一邊的大腿。還不斷舔著自己的後背，震動著俞平，讓他從沉睡中被吵醒。

「冬末？你怎麼會在這？」俞平睜開眼，揉揉疲憊的眼睛，用著沙啞的聲音開口，詢問忽然降落在他身上，正在不斷舔毛的冬末。

「你們差點被阿修羅給吃了！」

冬末沒抬頭，還是自顧自的拚命理毛，他最討厭變那麼大了，碰到什麼髒東西都不知道！而且剛剛那個阿修羅，很明顯就是不洗澡的那一派，真是噁心死了！

「阿修羅？現在人間有阿修羅？」俞平重複著冬末的話。

「廢話！阿修羅本來就是為了擾亂人間而生的，雖然是六道當中的三善道之一，但也是罪惡的發源！」冬末頓了一下，「嗳！不說了，說這些狗皮倒灶的事情也沒用！反正你們完蛋了。」牠焦慮的開始洗臉。

「我們……完蛋了？」俞平還是搞不清楚，那隻阿修羅到底跟自己有什麼關聯。

「被阿修羅盯上的獵物，很少能夠全身而退。剛剛那隻似乎頭腦簡單了些，但是卻頑固莽直，執著的要你們，更煩的是他戰鬥能力很高！」

「他想要什麼？」俞平也知道自己在問廢話，果然被忙碌中的冬末瞪了一眼。

「快點完成她的遺憾，讓水煙帶她走吧！」冬末舔完了最後一下尾巴，抬起頭來，「我會一路陪著你們，但我得先隱藏起來，鬆懈那隻阿修羅的戒心，免得一不小心弄丟了你的小命！」

冬末踏上了前面位置的椅背，往氣窗外竄跳，一下子就溜得不見影子了。

「阿修羅嗎……？」俞平掏著外套內側的口袋，拿出了自己的線圈筆記本，撕下了其中一頁，開始振筆疾書。

為了阿書的安全，還是預先這麼做比較好！

他幾下就寫滿了整張紙，不是他的寫字速度很快，而是他的字龍飛鳳舞，佔滿了整張筆記紙。

他停下了筆，開始摺著手上的紙張，沒幾分鐘，一隻白紙折成的小白鳥，就在他的掌心中出現，俞平在其中的一邊翅膀簽上了自己的名字，大功告成！

小白鳥張嘴吐出尖細的鳥鳴，聲音清脆嘹亮，伴隨著一小撮的燦爛火花。

火焰燒上了牠自己的紙張鳥身，在幾秒之間，燒得一乾二淨，只剩一道火光般的紅鳥身影，拍拍翅膀，往外振翅飛去。

「不管怎麼樣，我都會帶妳回家的。」俞平看著熟睡中的阿書，明明知道人魂只有永遠的冰冷感受，他還是脫下了外套，蓋在阿書身上。

火車一路的開，終於進站了，廣播中傳來了好幾種語言的廣播，「斗六站到了、斗六站到了、斗六站到了。請旅客準備下車，注意隨身行李……」不斷反覆播送。

俞平從沉思中驚醒，搖了搖腿上的少女，低聲喚起了阿書，「走吧！我們準備下車了。」

牽著仍在犯睏中的阿書穿梭在火車站的地下階梯，他心底知道，阿書這趟回家的路，還很漫長。

第四章　回家的路

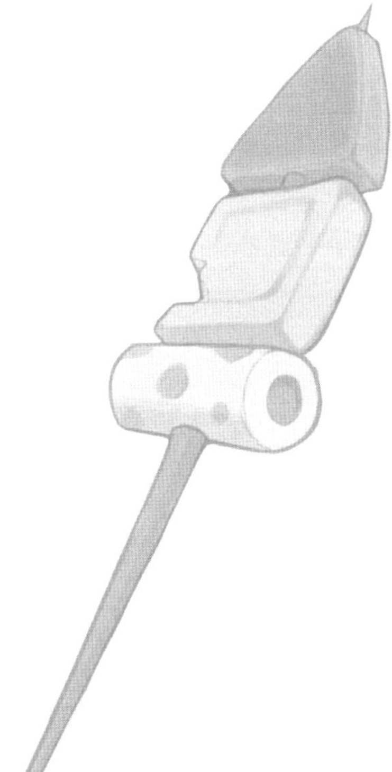

牽著阿書的手，因為是人魂的關係，一陣冰涼的感覺傳遞過來，俞平卻只是更緊的握住了阿書，絲毫不敢鬆懈，他們在人潮洶湧的火車站前面，看著雨絲細細飄落。

剛剛天色還相當不錯的，怎麼忽然下雨了？

仔細的詢問了阿書之後，俞平大略的確定了一下他們兩個的方向——阿書的阿嬤家在雲林的山上，必須轉幾次客運才能到達。

但阿書的記憶已經模糊了，因為她雖然小時候是在阿嬤家度過的，但是小二的時候就轉學到臺南市，被接到自己的爸爸身邊。

「不用擔心，一定會找到的。」俞平拍拍阿書的頭，安慰了幾句坐立不安的阿書，只是他心裡也打著鼓，這場雨來得古怪，雨中的氣息更讓人不安……

阿書點點頭，又放心的靠在大叔的肩膀上，看著公車顛簸的開動，還想再跟大叔說些什麼，兩旁的窗戶卻逐漸掉落，連公車的地板都開始腐蝕成一個洞一個洞的。

「奇怪了？這輛車怎麼破爛成這樣？」前頭的司機聽見刺耳的煞車聲，也察覺車子的狀況不太對勁，臨時把車停靠在路邊，在公車上走來走去，拿起了電話打給總站。

在司機交涉的過程中，俞平牽著阿書的手，投下了兩人份的票價，默默地下車了，這已經是他們前往阿嬤家途中，更換的第四輛公車了。

他們仰望著快要解體的公車，附近的騷動越來越嚴重，無風自動的樹葉，嘩啦啦地響著，但是除了樹葉的摩擦聲響，四周卻寂靜得非常怪異，彷彿百里內的生物都逃竄得一乾二淨。

「大、大叔……是不是有點奇怪？」阿書抖著嗓音，環顧四周。

四面八方的植物都齊齊轉向了他們的方向，用不存在的眼神，熱烈地注視著他們。

他們站在荒郊野外，看著不明所以的司機搔搔頭，又把舊得快要解體的公車開走了。

兩旁毫無民宅，只有一條筆直的大馬路，蟬聲在耳邊不合時節的響起，嘰嘰喳喳叫了滿天，彷彿有幾千萬隻蟬同時鳴叫。

不知道是提醒他們危險即將來臨，還是要告訴所有人——他們在這裡！

俞平牽起了阿書的手，「不要看，不要回頭。」

他倆堅定的往前走，背後卻由遠而近，傳來了隆隆隆的聲響，彷彿有千軍萬馬正在後頭死命追趕。

越走越快，他們乾脆跑了起來，在冬季的時節，俞平卻流了一身的汗，背後傳來震耳欲聾的踏步聲，整齊地幾乎響徹雲霄。

阿書幾乎被扯得飄飛在半空中，緊緊閉著眼睛，死死不敢回頭！

聲音越來越近、越來越近，地面上不斷震動，他們幾乎可以感受到那種刀鋒口上的肅殺之氣。

一把大刀往下一砍，俞平的耳邊閃過了一道風聲，他又加快了腳步，拚命往前跑，雙腿已經痠軟不已，但是後面的沉重壓力宛如萬丈深淵，俞平知道——怎麼樣都不能停下來！

這時一團影子加入他們的行列，跟在他們的身邊往前奔跑。小小的耳朵在影子上方立著，圓乎乎的身影，不是冬末又是誰？但是卻沒有看見冬末的身影，只有這道小影子伴隨著他們。

影子跑在他們前方幾步，扭過脖子，回頭看著俞平，急切開口，「這裡交給我，你用最快的速度送她走！」

冬末說完這句話，就消失了！

這時在他們的背後，傳來了重物踏地的聲響，彷彿有人從天而降，踏在道路上，攔在他們的身後，即將擋下遠方的追兵。

「你自己小心！」俞平喊了一聲，又加快速度，扯著阿書往前，筆直的大路通往山腳下，如果阿書的記憶沒有出錯的話，阿嬤的家就在半山腰上，她獨自一人居住在祖傳老宅裡。

「大叔、剛剛那是冬末嗎？」阿書的哭音顯而易見，「牠會不會怎樣？我們把牠丟在那裡可以嗎？」

俞平不加思索的回答，「放心。牠不會有事的！我們只要上了山，就能夠抵達妳阿嬤的家對吧？」

阿書含著眼淚點點頭，這是她記憶中童年的樂園，雖然現在前方的路模糊不清，遺忘的記憶卻越來越清晰。

俞平大喊一聲，鼓勵著阿書，「很好！那我們就走囉！」

一高一矮的背影，邁著堅定的步伐往山上走去，山路很崎嶇，他們的腳步卻很沉穩。

冬末在後頭，剛剛的大馬路上，背對著遠去的俞平跟阿書。

牠深深吸一口氣，又暴脹成兩人高的真身，牠的右前腳重重拍地，引起輕微的地震，一道裂痕襲向遠處，讓遠方的雜鬼退縮了幾步，又嘈雜的湧上前來，像一片腥臭的潮水，快速的席捲上來。

冬末咧開嘴，「小雜魚，不值一哂。」

牠全身的條紋發亮，在咖啡色的皮毛之間，閃爍著美麗的圖騰，額上的王字暴射出光芒，掃射在眼前的道路上，每掃過一次，都可以聽見一整片的鬼怪慘叫聲。

伴隨著焦煙的升起，百鬼退了幾大步，改變了隊形，前呼後擁著幾名頭目，分別從各個方向前進到冬末的眼前，頭目們型態各異，相同的是對於吃食阿書的決心。

冬末甩甩尾巴，「不知道我是誰?你們不要命了嗎?」神情一派輕鬆。

被拱到最前面的大頭目，穿著一身鐵甲，騎在無頭的馬上，他的馬從頭部斷裂，還隱隱滴著鮮血，「吃掉她，就可以立刻晉升成鬼仙，划算！」

雙方都知道對方的心思，對看了幾秒，鐵甲大頭目率先攻上來，冬末怒哼一聲，衝進了百鬼圈，往前撲咬，掃倒了一大片的鬼魅。

後方的百鬼兵團立刻整齊畫一的揮出鐵刃，冬末目標巨大，不免受了幾次不小的傷口，朝天怒吼一聲，額上的王字再次掃射，大地頓時成了焦土。

「哼哼！就算再逞強也沒用！你們只能前進到這裡了。」冬末咬咬左邊的虎牙，根部裂開了一小個縫隙。

蜿蜒了一絲絲血水，從柔嫩的下巴滑下。

「弟兄們！我們上！」鐵甲大頭目怒吼一聲，百鬼再次湧向了冬末。

但冬末跟俞平都不知道，他們中了調虎離山之計，應該說，想把阿書吃下肚的眾生們實在太多了，現在各方都傾巢而出，不肯放過這次他們遠行的機會。

在阿書引起的那場宿舍大火之後，幾乎整個島嶼都知道了——有個能力很強的人魂剛剛現世，這個人魂資質絕佳，不但採補、煉器兩相宜，還謠傳吃了就可以立刻成仙。

謠言越傳越熱烈，越傳也越誇張，幾乎讓眾生們瘋狂得不能再瘋狂了。

俞平牽著阿書的手，往山路一步步前進，一名粗獷的男子，卻從天而降，橫亙在他們面前，手上一把長叉，沾滿了血跡——他剛剛殺了百鬼埋伏在此的頭目，搶得了狩獵阿書的先機。

「阿修羅果然來了嗎？」

俞平看了對方身上的配件以及不羈的打扮，想到冬末跟他形容的模樣，頓時心中了然，他把阿書拉到了自己身後，「放我們過去！」

阿修羅暴吼一聲，如果是冬末在這裡，他還有一點交談的興致，但換成俞平，對他來說就是螻蟻般的存在了，連捏死都費力氣，只需要一腳踩死！

他十指暴脹而出，衝向了俞平，一掌掃開他，震向了遠處的山壁，成爪子形狀的右手，緊緊抓住阿書的魂體，朝天怒吼，就要把阿書塞進嘴裡。

他是阿修羅眾裡面代表食慾的餓慾修羅，自從阿書現世以來，傳說越演越烈，據說這人魂的滋味美味無比、乾淨的氣味可比天界的珍果、還是少女嬌嫩的面容……

他實在巴不得嘗一口這個純淨人魂的味道呀！

朝思暮想之後，餓慾修羅最後忍不住親自前來，狩捕這個眾生都很想分食一口的人魂，就算遭到了神獸的阻擋，也絕對不肯放棄！

他高高抓起阿書，嘴邊的尖牙穿過阿書細緻的髮梢，口中的魂體形成倒栽蔥的模樣，不斷的徒勞掙扎。

餓慾修羅即將把阿書吞吃入腹了！

俞平衝上前來，還未接近餓慾修羅，就被對方一腳踩在底下，胸膛重重一凹，吐出了一口鮮血，因為巨大的衝擊而不斷乾嘔著。

阿書亂蹬著雙腳，危機啟發了她的第一項能力——身上燃起了烈焰，試圖灼燒著餓慾修羅的唇瓣，阻擋這個即將把自己吞吃入腹的傢伙！

但是餓慾修羅卻開心的笑著，阿書的能力在他眼中完全吸引不了他，但是傳說中最美味的魂體，這他就絕對不能放過！他哈哈大笑，彷彿這點火光，只是替他增添食慾！

「曖！等等。」

千鈞一髮之時，一雙柔荑按上了修羅的喉嚨，軟弱無骨的女人手指，卻暗藏著一股深厚的力量，推阻著餓慾修羅。

「放下她，給妾身一點面子，好嗎？」

一個美麗的女子，單掌的纖纖素手，四指按在修羅的喉嚨上，她身著一身古裝，抹胸束腹，外披一件粉色的薄紗，衣袖飄飄，面容端莊秀麗，一雙蛾眉掃過，美目中波光流轉。

餓慾修羅抬起頭來，惱怒的發覺自己無法再將阿書往喉嚨塞進半分。

「汝又為何人？」他聲音乾啞，似乎不常說話。

美麗的女子微微笑著，「妾身為雲娘，放下她，行嗎？」

一口嗓音清脆，進退舉止都相當得宜，笑得溫婉，令人如沐春風。

「滾開！」餓慾修羅面目猙獰，手上的肌肉用力，青筋暴裂。

他不顧雲娘按在自個兒喉嚨上的手，只兀自張大了雙嘴，仍然執意把阿書吞吃下肚，想讓阿書化為他腹內血肉，滋養他的身心。

「唔？聽不懂人話嗎你？」雲娘微微皺起了眉頭，又用了幾分力，掐住了餓慾修羅的喉頭，「不給妾身一點面子的話，就休怪不客氣了。」

她收起手指，迅速化掌為風，把餓慾修羅往後一拍，狠狠撞上了山壁，一轉眼，阿書已經在她身後了，驚恐的直掉眼淚。

雲娘笑了一下，一道軟轎，從遠遠的地方，搖啊搖的晃過來，底下無人，轎子卻懸浮在空中自動往前，俞平還來不及拉回阿書，瞪大了眼睛，張嘴說不出話來。

雲娘又對著俞平跟阿書微微欠身，那腰肢可比柳條，纖細柔軟，「兩位請上轎吧！妾身是水煙大人的……嗳！甭提了！總之上轎之後可保兩位一路平安啊！」她掩嘴笑著。

……是水煙那傢伙？

俞平鬆了一口氣，想必是紙鳥的信息送到了！不管這個雲娘是什麼來頭了，既然是水煙託付的，應該可以相信！

他們倆個急急忙忙上了轎子，感覺底下彷彿有人抬起了轎身，搖擺著有力的臂膀，整齊劃一的前進著，將他們往半山腰的方向抬。

雲娘看著他們上轎，又轉頭對著剛剛砸暈過去的餓慾修羅，他從石縫當中掙扎出來，搖晃著腦袋，頭上的紅色尖角破開腦殼，血淋淋的好不嚇人！

「汝要為此付出代價！」餓慾修羅狂吼，草木瑟瑟發抖。

「唷。水煙大人這次可真的欠妾身多了呢！」雲娘毫不懼怕，斂了斂衣裳，又仔仔細細脫下了繡花鞋，手掌般的小腳套著潔白的襪子，實打實踩在一片乾枯的落葉上。

「啊啊啊！」餓慾修羅怒吼一聲，撲向了巧笑倩兮的雲娘。

雲娘雙袖翻飛，躍上了半空中，藤蔓從手掌心中竄出，這一照面，雲娘就沒有打算留有餘力，不管怎麼說，對方可是阿修羅啊……

餓慾修羅身軀再度暴脹，現出了完整的真身。他只一隻手，就抓住了雲娘席捲過來的藤蔓，往外一摔，讓可人兒般的雲娘，重重陷入泥地。

抹了抹眉眼間的泥，雲娘催動這滿山遍野的靈力，數百叢花叢同時抽出花苞，同聲綻放，空氣中飄散著竹夾桃的香味。

最香處是最毒。

香味軟軟襲上了餓慾修羅，他立刻一抹鼻子，滿掌的鮮血，只是竟然又雙目放光，「原來是花啊……好久沒吃到了！」

雲娘倒退了一步，因著餓慾修羅的眼神，內心不由得起了一絲懼意，今天這場硬戰，恐怕不得善了。

但她望了一眼正上山去的軟轎，還是擋身在上山的路上，只微微一笑，「要吃妾身這花，你還不夠格的。」

雲娘手間結印，四周出現了幻影，巨大的豬籠草，從四個方位同時撲向中間的餓慾修羅，他打破了一叢，另一叢再接替而上。

餓慾修羅的棍法雖快，雲娘的幻影更快。只是這每一叢都是雲娘自身的精氣，讓她邊結印邊吐血，連秀氣的耳殼都滲出了鮮血。

一叢又一叢。雲娘快要支撐不住了。

此時，遠處的簫音傳來，清亮抖擻的樂音飄散，雲娘立刻精神一振。幻影層疊的速度又往上提了一個層次。

在這音律當中，水煙大人正在另一頭的山背上，阻擋著另一波追兵，只能分出些微心神，靠著這簫音問一句——雲娘妳可還好？

水煙大人，您請放心，妾身定將不負所託。

雲娘雙掌一拍，撤掉所有的幻影，鑽入地底下，在一瞬間的空隙當中，小巧的拳頭正中了餓慾修羅的下巴，餓慾修羅往後飛了幾十呎，一直撞破了連綿的樹幹，掛在枝枒上，不知道是生是死。

雲娘吁了一口氣，正準備拾起一旁的繡花鞋，背後卻一棍破空之聲，雲娘只險險躲開了幾吋，回頭一看。

餓慾修羅歪歪斜斜的站在她身後不遠處，雙眼放光，口水直流。

對餓慾修羅來說，越強的對手，就越好吃！

「你有完沒完啊……」雲娘動了真怒，雙掌拍地。參天神木同時倒下，吸取了方圓百里的靈氣，雲娘在心底偷偷愧疚，可是為了水煙大人的託付，妾身必定全力以赴！

她咬了咬牙，一雙小掌舞得虎虎生風，正面迎上了餓慾修羅。

此仗凶險，卻退無可退。

餓慾修羅折了折肩頸的骨頭，發出清脆的喀啦喀啦聲，他吞棍入腹部，此棍是他的胸骨所化，擁有他一半的力量，當人棍合一的時候，就是餓慾修羅力量暴漲的時候。

雲娘面色無波，雙手畫了個圓，雙腳生根，巨大的豬籠草現出了真身，在風中搖曳，踩著步伐，往前迅疾的奔跑。

餓慾修羅則面露喜色，同聲張大了嘴，一蹬後足，往前撲飛，他一口咬上翠綠的草袋，痛得雲娘嘶聲尖叫，遠方的簫音一時大亂。

與餓慾修羅纏鬥在一塊的雲娘，強迫自己忍住疼痛，硬是拔地而起，吞吃了餓慾修羅的全身。

巨大的豬籠草蓋上頂蓋，只幾秒間，內裡就現出了重重人影，互相交疊在一起，還發出陣陣的暴吼聲，豬籠草屹立不搖，顏色卻逐漸慘白。

好半晌過去了，草袋軟倒在地，蓋子緩緩掀開，露出一地血水，蜿蜒於山壁之上，再無餓慾修羅的蹤影……

被軟轎一路載著往半山腰去，不一會工夫，他們就看到了阿書的老宅，在接近傍晚的時分，三合院的中間大廳，向外敞開著大門。

阿書的眼淚還凝結在睫毛上，來不及擦掉，就從軟轎的窗外看見自己童年的地方，興奮的奔下去，在大門口東張西望。

俞平很警戒，他下了轎子，背後嗖的一聲，轎子跟無形的抬轎伕都消失無蹤，他只能走一步算一步，向前敲了敲三合院的正廳大門。

門環被他叩響了幾聲，一個佝僂的老婦，從西側的房間慢慢走出來，手上拄著拐杖，背駝得不能再駝了。

「你有什麼事情？」老婦一口軟音的閩南語，雖然含糊難辨，卻音韻怡人。

「阿嬤您好！我自己走路上來，想看看這邊的風景，卻不小心迷了路！」俞平也改用閩南語回她，謊稱自己是上山來遊玩的背包客，只是不慎迷失方向。

老婦看著他，銳利的眼神爍爍明亮，似乎完全沒被混濁的瞳孔遮蔽，她盯著俞平好半晌，才側過身來，「進來坐坐吧！」

俞平感激的點點頭，進去之後，佯裝對整棟三合院的建築相當有興趣，纏著阿嬤講故事、說歷史。

阿嬤眼見這個中年人這麼有禮貌，還肯聽自己一口難以分辨的閩南語，就半推半就，陪著俞平參觀整個三合院，東西廂房都打開讓他瞧一瞧，還掏出了大灶的火灰，夾在一個小鏈袋裡面，要俞平帶著，說是可以傍身。

俞平一邊耳朵聽著阿嬤的講解，另一邊的耳朵也被阿書疲勞轟炸，他們每走到一個地方，阿書就會驚喜尖叫，不斷訴說著她童年的回憶。

他們最後走到了底部的倉庫，裡面堆滿了乾燥之後又潮濕的木柴，阿嬤感嘆著說著，「好多年了，我一個人住在這，恐怕到要死的時候，連這屋子的柴都燒不完。」

俞平拍拍阿嬤的手臂，表示安慰之意，「阿嬤一直都是一個人住嗎？」

阿嬤笑了一下，看著遠方，「不是啊！我也有兒子、孫子的！我還有一個小孫女，名字可好聽的，叫做陳書晴！」說著說著，阿嬤的眼神黯淡了下來，不再是興致高昂的模樣。

「那個小孫女也不知道去哪裡了，十幾年沒回來了，我也七八年沒聽過她的聲音了！」阿嬤寂寥的說著。

俞平驚愕的看了一眼阿書，阿書的眼神也同樣驚嚇，沒想到阿書的爸爸竟然瞞著阿嬤，到現在也沒跟阿嬤說，阿書已經喪生於火場中了。

阿嬤不管俞平的反應，自顧自接著說，「我這輩子最大的遺憾，就是不知道我那個乖孫女去哪裡了啊……」

俞平伸出手握住了阿嬤長滿皺紋的雙手，「阿嬤，我可以這樣叫您吧？」阿嬤點點頭，他又繼續開口，「借我廚房一下可以嗎？我做點東西請阿嬤吃！」

阿嬤咧開乾癟的嘴唇，「這怎麼好意思？」看俞平堅決，她還是笑笑的引他到自家的廚房，只是駐足在一旁看著他，「大灶，你會用嗎？」

俞平自信的笑了一下，「阿嬤，您不用煩惱！我可是總鋪師呢！」

他挺了挺胸膛，把阿嬤逗笑，讓阿嬤到大廳去等候了。

「很多話想跟阿嬤說吧？」俞平熟練的丟柴，再用竹管吹火，一下子大灶就發出微熱的溫度。

開玩笑！他在日本習業的時候，面對自己對於中式料理痴迷到瘋狂的老師，可是真真實實被折磨了一番，這種大灶對他來說，又有何難？

阿書迫不及待的點點頭。開始說起了她童年的很多事情，她從有記憶以來，就是在這個大灶旁邊，看著阿嬤做一樣又一樣的食物，代替親生母親的乳水，一點一滴的餵哺她。

她雖然沒有喝過自家母親的母奶，卻一點也不覺得可惜。

「很想很想阿嬤啊……沒想到阿嬤一直在等我回來。」阿書臉上惆悵，摸著身下的長凳，她小時候總跟阿嬤一人一邊，兩個人就這樣坐在椅凳上，可以把一碗飯吃了大半天。

「最想告訴阿嬤，我過得很好……」阿書落下淚來，點點滴滴都灑入了大灶當中，滑入了大灶中正在微微滾動的水裡。

俞平沒有打斷阿書，他從冰箱裡面翻出了兩顆雞蛋，打了蛋液在碗內，一雙木筷快速的攪拌著，把蛋黃跟蛋白均勻的混合在一起。

木筷敲擊著瓷碗，發出了清脆的撞擊聲，自己會對阿書這麼上心，追根究柢就是因為這孩子跟自己的女兒，有太多相像的地方，在即將盛開的時候，就墜落到滿地的泥土中……

女兒走的時候，是否曾想過自己這個父親呢？

俞平望了一眼外廳的阿嬤，一個人晃著搖椅，一下又一下，他嘆口氣，白髮人送黑髮人，那心中的痛，痛不欲生。

他拌著蛋液的手，不由自主停歇了下來。

但是如果自己是阿嬤，願意這樣永無止盡的等待嗎？還是寧願得知事情的真相，然後好好的哭一場，為自己早夭的孩子。

俞平搖搖頭，答案很明顯，就算是痛苦不堪，他也寧願知道自己的血肉去了哪裡。畢竟身為父母，就注定要一輩子替自己的子女們操煩了。

他收起腦中紛沓的思緒，專心致志的做著這道簡單的料理——雖然簡單，卻是最適合老人家入口的菜色。

他捨棄了鹽巴，太多的鹽並不適合老人家，改採用阿書自小熟悉的醬油牌子，倒入了幾匙，又加上一點香油，繼續動著木筷攪拌。

趁著柴火燃燒的同時，他抓緊時間，熬煮著不可或缺的湯頭。一直等到湯碗在大灶內溫熱的蒸著，他才長長吁了一口氣。

阿書已經跑到大廳去了，賴在阿嬤的搖椅旁邊，一臉滿足的趴在阿嬤的膝蓋上。阿嬤毫無所覺，面對著大門外，如同過往的每一日一樣，輕輕搖晃著身後的搖椅，看著日出、日落，以及一個人的黑夜。

「阿嬤，我做了點東西，您嘗嘗，看看好不好吃。」俞平端出了一個湯碗，底下還用小盤子托著，旁邊附上了一隻鐵湯匙。

阿嬤笑了一下，接過了湯碗，神情恍惚，「好香啊……難得現在有年輕人會下廚！」她揭開了蓋子，卻神情恍惚，空白了一下，「這是我孫女最喜歡吃的，自從書晴走了之後，我好久……沒做過了。」

她在俞平期待的目光下，拿起了鐵湯匙，舀起了一匙的茶碗蒸，溫潤的蒸蛋，散發出黃色的光芒，微微在空氣中抖動著。

順著喉嚨，吞下了第一口，阿嬤瞇細了眼睛，不知道怎麼的，竟然想起了自己的孫女書晴，穿著一身白色的小洋裝，在庭院中追著蜻蜓四處跑。

一不留神，跌倒了，嚎啕大哭之餘，還拍打著地上的石塊，大聲哭喊，「石塊壞！」阿嬤笑開來，書晴小時候真的好可愛啊。

她又舀了第二口，清甜的高湯隨著蒸蛋，在嘴裡慢慢化開，書晴的影像越來越清晰，念書、上國中、考上了市區的高中，一幕一幕都在阿嬤的腦海裡播放著。

「我們家書晴長大，果然也是那麼標緻啊……」阿嬤點點頭。

接下來挖入了蒸蛋的底部，參雜著醬油的口感，有些許的鹹味——像是眼淚的味道，阿嬤的眼眶瞬間滑落了眼淚，「書晴還這麼年輕啊……」她的眼前燃起了劇烈的大火。

阿嬤一時之間分不清楚眼前的景象，這場大火燒得又快又猛烈，連她這個旁觀者，都捏緊了手上的鐵湯匙，想要不顧一切的奔入火場，去救她心愛的孫女。

但是只那麼一瞬間，書晴的身影就在炙熱的大火中緩緩走出，旋轉、跳舞、踮高了腳尖，彷彿這只是一場炫麗的表演。

阿嬤放心了，緩緩靠回椅背上。

吃完了最後一口茶碗蒸，書晴的舞也結束了，她火紅的身影含著淚水，緩緩走到阿嬤的搖椅前方，趴在阿嬤的膝蓋上，哽咽開口，「阿嬤，我回來了。」

幻影代替著阿書，哭出心中所有的遺憾。

阿嬤釋懷的笑開臉上的皺紋，「回來就好，回來就好。」

她顫抖著雙手，把空蕩蕩的湯碗交給俞平，抹著臉上的淚水。

原來孫女已經比自己早了一步，去了人生的盡頭。

怎麼會這樣呢……她還那麼年輕，為什麼不是帶走自己這個老太婆？

阿嬤淚漣漣，心中了然。

難怪，這麼多年了，不管怎麼跟兒子吵，兒子就是不肯讓書晴回來一次。她還以為是那個媳婦討厭自己，不肯讓書晴回來。

沒想到等了七、八年，卻是眼前的陌生男子，替自己帶來了孫女的歸處。

阿嬤老花的眼眶濕潤，沉浸在過往的往事中，晃著背後的椅子，不由自主的不斷回想著書晴小時候的模樣，襁褓時候的模樣、剛學會走路、第一次會叫阿嬤……

書晴啊……阿嬤不斷的用手背抹去臉頰上的淚水。

俞平嘆了一口氣，不由自主也微濕了眼眶，牽起一旁，不斷落淚的阿書，往門外走去，果不其然，水煙大人已經來了，早就等在門外的門檻邊了。

他們走到了庭院中央，水煙大人這次一身蘇格蘭格子裙，花花綠綠的，好不顯眼，水煙轉了一個圈，裙襬飛舞，煞是好看。

不過俞平沒心情欣賞，「交給你了！」他把阿書的手，交到了水煙的身前。

水煙面對一臉糾結的俞平，倒是燦爛一笑，「早說過了無捨就無得。」

他揮揮手上的羽毛筆，從虛空之中凝聚出一隻五色鳥，鳥兒高聲啼叫，鑽入了俞平的筆記本當中，他的點數又多了一點。水煙高聲喊著，「我帶她走啦！你放心唄！」

「大、大叔？」阿書後知後覺的看著俞平，邊啜泣邊被水煙扯著手，一下子就走遠了好幾步，俞平的身影也在瞬間變得模糊，彷彿大叔已是在鏡子的另一面。

「去妳該去的地方吧！」俞平垂下眼眸，不看阿書的眼睛，他撇開了視線，只在嘴中低聲說話，「希望妳下輩子可以過得很好……」喃喃自語的說著。

俞平一個人站在晚霞滿天的庭院中央，一團毛球從天降落，摔到了他的手上，用渾身是傷、體無完膚來說都不為過，重點是毛球還正在拚命的舔著全身的傷口！

「別舔了！」俞平伸出手掌阻擋，調整一下左手的姿勢，抱緊了滿身是血的冬末。

冬末齜牙咧嘴，朝著俞平的手掌呵氣，不分青紅皂白就是一陣撲咬，銳利的牙齒斷了右邊，只剩完好的左邊，深深啃入了俞平的手背，瞬間噴出了一道鮮紅的血，往下蜿蜒在俞平的手上。

蔓延的血流，滴滴答答的垂落在三合院前的石板地上。

俞平沒有絲毫退縮，臉上不顯任何痛楚，只是繼續說著，「別舔了，口水很髒。」

他不屈不撓的伸出手掌，扳著冬末的下巴，說什麼都不肯妥協。

冬末氣極，可是因為傷勢過重，只能軟軟的揮揮自己的貓掌，徒勞的伸出貓爪示威，俞平換了個姿勢，讓冬末托在他的臂彎內。

冬末的下半身讓俞平的手臂固定住，勉強舔舔自己的貓掌，牠的心情極差，最痛恨把自己弄得一身的灰塵！果然打架什麼的最討厭了！

傷筋動骨、白費力氣，還會弄髒自己！

要不是為了俞平……哼！說什麼牠也不肯現出真身……

冬末又倔強的扭了幾下，換來俞平輕拍著牠的頭安撫。

俞平低聲哄著懷中緩緩放鬆下來的貓，一下一下的拍撫著，今天的晚霞異常的美麗，他們站在紫紅色的天空底下，一人一貓，凝視著遠方，互相陪伴著彼此。

一陣晚風，吹起。

一人一貓各打了個哆嗦，又往彼此的身軀靠緊了一點。汲取著對方身上的熱度，共同仰望著天空，這般殷紅的黃昏，已經很久沒見了。

第五章　研究生的委託

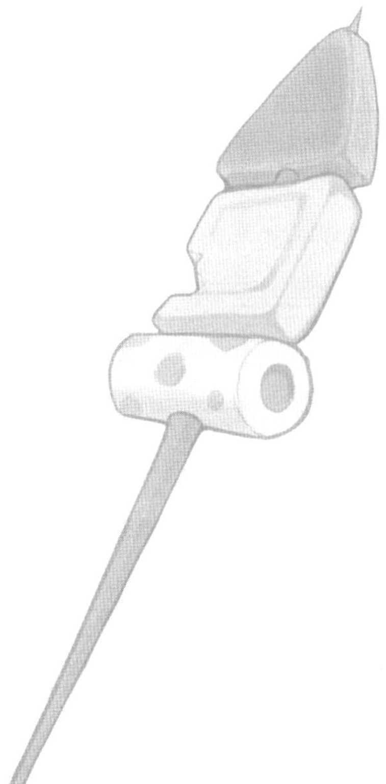

一人一貓千里迢迢返回店內之後，為了要不要送醫院這回事，冬末跟俞平徹徹底底的翻臉，大吵一架。

俞平堅持受傷就是要看醫生，不管是貓還是人，都得打個抗生素、破傷風什麼的，誰知道那些咬傷冬末的鬼怪，身上有沒有狂犬病毒？

但是按照冬末的說法來說，那就是：「老子讓你當貓養，是老子破格的興趣，但要讓你送去動物醫院，那就是萬萬沒有這個可能！」

「不然我帶你去人類的醫院？」

俞平說到做到，開始思索哪一家診所不會把他轟出來。

「你覺得我看起來像會讓針頭扎兩下的樣子？」冬末撇撇嘴，死不肯就範。

俞平勸說未果，冬末又屢屢威脅他，如果敢把牠塞進籠子內，牠就絕對現出真身把獸醫院踩扁，最後為了不要鬧上新聞版面，還被記者下個驚世駭俗的頭條——都市妖怪現身踏平民宅！

俞平最後還是妥協了，只得餐餐備好，有肉有魚兼有活蝦，希望能讓冬末多吃多睡，以求早日把一身光潔柔順的皮毛給養回來，恢復成那種能在冬天暖手的體態！

其實冬末也知道，俞平嘴上不說，但是心裡心疼得要死。

從越來越豐盛的早餐就看得出來，餐餐生魚片不說、雞肉、牛肉、各式海鮮，俞平都堆滿了牠的碗盆，但是因為受傷而食慾低落的牠，只得勉強吃完了平日的一半份量。

看得俞平那是揪心不已，好幾次都在敲昏冬末、隨便牠繼續昏睡，這兩個選項之間猶豫不決。

還好，冬末本來就不是貓，應該說不只是「正常的貓」，復原能力相當驚人，半把個月，身上的傷口就已經好得差不多，還長出了粉紅色的新肉，看起來粉嫩粉嫩。只是東禿一塊西禿一塊，有點損壞牠的威風罷了。

阿書走了不久，就到了新春時節，除夕那天，俞平照例又是一個人在店內，他煮了一鍋牛肉火鍋，就是簡單的長年菜加上切成薄片的牛肉，還有一些冬粉，再丟進許多的關東煮火鍋料。

一撈就是一種菜色，他一個人圍爐，稀哩呼嚕吃得也挺開心的。

受傷的冬末在一旁對著火鍋指指點點，一下要丸子，一下要肉片，還指定牛肉要涮三下、五分熟、粉紅色、不沾醬，規矩簡直多如牛毛。

俞平稀罕的很有耐性，只是伸手揉揉冬末的頭，然後在貓掌出手之前，把冬末指定的食物夾進牠的盆子裡。

對他來說，冬末就是像家人一樣的存在，不管牠是什麼種類的生物，俞平一點都不在乎。他只希望冬末就跟外表一樣，像隻正常的貓，每天無憂無慮沒煩惱。

圍爐的火鍋吃飽了之後，俞平拉了一張躺椅，坐在店門口，懷中抱著一隻肥嫩嫩的貓，看著月色，「阿書不知道投胎了沒有？」他喃喃自語，也不知道念給誰聽。

冬末舔了舔貓掌，又回身舔舔尾巴，「不知道，說不定還在排隊呢！年底了業務繁忙。」

俞平失笑，「陰間也有年節之分？」

「當然啊！」冬末理直氣壯，「只是另一個世界罷了，彼此業務交錯，互相循環。」牠撇了一眼俞平，似乎在說他少見多怪。

俞平呼出一口氣，在冬天的月色下，嘴裡呼出的氣體都變成白色的煙霧，他望著遠方，低聲說著，「那你說，她下輩子會不會幸福快樂？」

冬末又瞪他一眼，「這種問題你該問水煙，我可不管這些。」

「是是是，我們家冬末只管吃！」俞平被冬末的回答逗樂了，一時心情大好，把冬末抱起來，在鼻尖蹭了幾下，惹得冬末哈氣連連。

一人一貓在月色下，鬧得不可開交，冬末捨不得俞平溫暖的懷抱，卻又被騷擾得不甚其煩，俞平喜歡逗弄著冬末，就愛看懷中這團小毛球，齜牙咧嘴的好不有趣。

正當他們鬧得旁若無人時，一向追求華麗出場的水煙大人，這次卻滋滋兩聲，一臉陰霾的出現在他們面前，雙眼各一個大黑輪，淒淒慘慘，彷彿鬼片當中的怨鬼。

嚇得俞平跟冬末雙雙瞪大了眼睛，往後縮了一下，心臟停了一秒。

「你們兩個過得很好嘛……」水煙大人磨著牙齒，一身素色的白長袍，顯現出此人今日無心打扮，脾氣甚差當中。

「你來幹嘛？」俞平站了起來，納悶自己才剛有想找水煙問一問的念頭，這傢伙就像貼壁鬼一樣的出現了！

「我、來、幹、嘛？」水煙大人一字一句咬牙切齒，神色陰霾。

他揮揮手上的羽毛筆，俞平身上的筆記本自動翻開，飛出了一隻漂亮的五色鳥，

「你的任務失敗！點數沒收！」

俞平皺起了眉頭，最後這個點數是來自於阿書，水煙卻說任務失敗，難道阿書發生了什麼事情？他還來不及問，水煙就氣沖沖的從身後拉出一個人，塞到俞平懷中。

「你根本沒有消除她的執念啊！」水煙氣得不顧形象，跳起來對著俞平大吼。

按照道理來說，每個人魂離世之後，都會有那麼一丁點雞毛蒜皮的遺憾，與放不下的不甘，這是非常正常的事情。

但是如果這個遺憾，成為了人魂無法消除的執念，魂體就很有可能成為厲鬼，不僅逗留在人世間，無法進入輪迴，還會擾亂人世運作。

因此水煙與俞平簽訂的陰間委外協定，就是要俞平留在人間，替水煙把這些執念過重的人魂，消除他們最後的執念，讓他們安安穩穩上路，尋找下一世的人生。

這也是俞平會問阿書，「妳有什麼遺憾？」這樣問題的原因。

但是水煙跟俞平都沒有想到，阿書本身逗留在人世的原因，不是因為思念親人的遺憾，而是她本身對於陽世就有無法放下的堅定執念。

俞平問得不清不楚，而阿書回答的語焉不詳，這個任務自然就只能以失敗作結。

更慘的是——人魂死後成為思念體的存在，以意念為主。

而阿書被水煙帶到陰間之後，幾乎天天哭，一哭就讓陰間鬼哭神嚎，讓所有的基

本業務運作全面停擺，所有的鬼差都成天哭喪著臉，陰間的業務出錯率，達到了史上最高。

不說輪迴臺上的進度緩慢，就連陰官都快要逃之夭夭，幾乎要達到天怒人怨的地步了！

當然這個罪魁禍首——帶回了阿書的水煙，幾乎讓全陰間上下給罵翻了一回！最後沒辦法，在眾人的默許之下，水煙硬是插隊，要了一個名額給阿書，讓她提早步上輪迴臺，還給了她優渥的福報，讓她下一世當一個美美的大姑娘，可以活到壽終正寢九十歲，五代同堂，簡直好得不能再好。

但是阿書什麼都不要，抵死不肯過輪迴臺，以幾乎能哭倒長城的氣勢，幾乎哭垮了整個陰間。

只要聽見她充滿執念的哭聲，整個陰間就同聲一哭，所有鬼差們心裡罵罵咧咧，恨得不得了，但是又不自覺被感染，哭得一整個悽慘無比。

最後阿書跟水煙，被陰間上至下的所有單位，一致同意的踢回了陽世。

阿書就交給陽間單位——讓俞平委外管理，而水煙則得降級處理這件事情，確定阿書在陽間平安落腳（永遠不再回陰間）之後，他才能回到陰間覆命。

「……她的執念到底是啥？」俞平指了指縮在自己身後的阿書。

「你還有膽子問？她的執念可大了！我跟你說！哈？立誓看盡全天下的書？」水煙磨著牙齒冷笑。

他這一陣子在陰間受的白眼跟奚落，幾乎比他幾百年來累積的都要多，快要到了鬼看鬼棄嫌、妖看妖討厭的地步了！

更可怕的是，阿書那個小小的人魂，完全不知道自己的執念有多恐怖，全天下的書凡幾？更不用說她的執念幾乎是跨時空的輻射出去，要是真讓她貫徹始終，她恐怕必須與天地共存了！

但是總不能就這樣滅了她吧？陰間可沒這麼殘忍。

頭髮幾乎快要抓光的水煙，乾脆把阿書扔回了俞平這裡，反正能夠拖一時是一時，阿書也不算是厲鬼，對人間不會有任何危害，就這樣先暫且緩緩吧！

（雖然沒有任何一隻厲鬼的執念比她還強……）

「可是她待在我這，會有危險。」俞平一針見血。他可還沒有忘記之前遠行的時候，引起的瘋狂靈騷現象，那種百鬼爭食的場面，他可不想再來一次！

「放心吧！上頭這次給了她特權！」水煙抹抹臉，伸出掌心，上頭躺著一枚漂亮的黑色徽章，銀色勾邊，中間還有一隻線條織成的五色鳥，振翅欲飛。

「唷！這、這不是？」一旁的冬末怪叫了起來，水煙了臉色又黑了半邊。

難怪冬末這麼驚訝，這枚徽章是水煙的身分代表，也是陰間賦予他的所有靈力來源，現在他的意思，難道是要把自己的徽章送給阿書？

水煙沒好氣的咧了咧嘴，「你沒看錯，我現在降級成為小陰差，明天起就從文書員幹起，徽章先借給阿書傍身，她雖然不會用什麼法術，但是眾生要是想攻擊她，立刻就會被我的靈力給滅得一乾二淨！」

看著氣得七竅生煙的水煙，俞平跟冬末很理智的選擇了閉嘴，而阿書則是早就緊緊縮在俞平身後，彷彿被水煙虐待了好一陣子一樣。

水煙拿出手上的羽毛筆，心疼的點點徽章，把上頭的五色鳥眼珠子取走。

「這樣她就能用了！你快想辦法把她的執念解決啊！這段時間內，她就算是你的助手了，陰間的委外陰差，名正言順！我就不信還有哪隻不長眼的敢來搗亂？」

「我的助手？你跟她簽約了嗎？」俞平頭痛的揉揉太陽穴，沒想到繞了一大圈，阿書還是回到自己身邊了。

「簽了簽了！只要能讓她繼續看書，賣身契她也願意簽！你累積的是點數，她累積的是福報，可以視情況讓她保留來生的記憶。」

水煙瞪了躲到不見人影的阿書一眼，繼續叨念，「以後她就知道，記憶這種東西，要是無法遺忘，也只是一種懲罰而已！啊對了！差點忘記說，我還幫你請了另一位『共同管理者』，算算時間，應該過幾天就到了……」

心情甚差的水煙大人，叨念的話語仍在空氣中迴盪，還來不及解釋「共同管理者」的意思，就自顧自化成了青煙，消失在煙霧當中，只剩那枚徽章，咚一聲的掉下來，摔在地上發出清脆的聲響。

冬末大感興趣的叼起了徽章，左右甩著玩，還用上兩邊牙齒，在上頭喀啦喀啦的咬著，試圖破壞這枚徽章。

「別玩了。」俞平從冬末口中掏出徽章，轉身別在阿書的領口上，她仍是穿著白色的短袖上衣，神態茫然，一直到俞平牽著她走進店內，安置在餐桌上，她才突然哇的一聲大哭出來。

「大、大叔……我不要投胎啦！」阿書一哭起來簡直聲勢驚人，嚇得冬末立刻竄上了層板，逃出了店裡。

嬰兒跟噪音是貓的天敵，更是冬末最討厭的東西。

一直到阿書冷靜下來，俞平才在她抽抽噎噎的敘述當中，了解到阿書對於死亡有莫大的恐懼，她害怕投胎之後會喪失現在的記憶，她只想保留著現在的情感，然後繼續看書。

沒想到，大大繞了一圈，阿書的執念還是糾纏在書上頭。

俞平頭痛的敲敲自己的頭，他早該想到了，阿書的存在本來就很特別，不能用一般的方式處理。而且明擺著，阿書怎麼可能願意拋棄她的心頭好，選擇下一個記憶完全空白的人生。

還不知道投胎在哪個國度，看得是哪個語言的書！說不定一個弄不好，還要投生在貧窮又落後，餐餐只圖溫飽的地方……

俞平嘆口氣，「算了，反正妳現在算是委外陰差，就來幫我吧！而且妳想累積妳的福報吧？」俞平正色問道。

「幫大叔的忙嗎？」阿書側著頭，思索了一下，「只要工作，我就可以繼續留在這裡看書嗎？」

完全不知道為什麼阿書可以導出這個結論，不過從另一個角度來說，這樣說也沒錯。

俞平放棄跟阿書繼續溝通，站起身來，「妳先從我的學徒當起吧！要製作能夠傳達感情的料理，妳的路還長著呢！」

雖然莫名其妙的得到了一個助理，但是俞平完全繼承了他日本導師的性格，對於學生有種嚴謹的教學堅持，他帶著阿書從食材開始認起，再來是刀工、擺盤、火候、烹煮、調味，每一道程序都打起了十二萬分精神，絕不參雜一絲水分。

教學態度更是毫不含糊，他幾乎是花費了大把的心血，帶他這輩子收的第一個徒弟。

「廚師，是能夠撫慰人心的職業。」

這是他的口頭禪，也是他要灌輸給阿書的精神。他能夠藉著料理，傳達亡靈的思念以及情感，靠得就是他本身的信念！

因此阿書在他跟雲娘的雙重教導下，成為每天日出就要附上式紙，食堂打烊才能休息的初階學徒人魂。

是的！水煙的「共同管理者」指的就是姍姍來遲的雲娘，根據雲娘的自我介紹，她是植物妖的一種，不過本體是哪一種，她總是掩嘴輕笑，不肯細說。

不過自從她來了之後，店外的紙燈籠旁就高高掛起了一株豬籠草，一掌高的豬籠草的綠色袋子，長得鮮脆欲滴，上頭的粉紅色小蓋子，微微掀開，就像是一個精美的陷阱。

眾人對此，很有默契的閉口不談，那翠綠色的豬籠草，看著可不是吃素的。

俞平對於一向冷清的店裡，忽然塞滿了人魂跟妖怪，感到非常的挫敗，但是受人之託、忠人之事，他也只是問了剛來店內的雲娘一句：「這裡就差不多十坪大，妳要住哪裡？」

雲娘笑得溫和婉約，微微低頭，「妾身住哪裡都可以。」非常有禮。

雲娘可不是在說客套話，她一招衣袖，一棟兩層樓的精緻閣樓，就從她袖口跳到餐桌上，像一架小巧又精緻的模型，約莫十公分高。

俞平靠近了一點看，上面有窗有戶，隱約有口井，還有個二樓的閣樓，上頭的梁柱甚至繡著花紋，樣樣雖小卻勝在精巧。

雲娘款款轉了一圈，縮小成一指高的妖怪版拇指姑娘，施施然打開一樓的大門，向大家盈盈下拜，傳聲入耳，「妾身住這小樓即可。」

俞平抹了一把臉，這麼不科學的事情，他只能當作沒看到，繼續從頭教起阿書認食材。

從那天之後，雲娘跟俞平就分別身為阿書的兩位導師，雲娘教導她一個人魂應該有的常識，以及各種防身的術法，以求早日把水煙的徽章還回去。

而俞平則教導她關於料理的一切技能，他是以廚師的身分跟水煙簽約，以料理的形式，傳遞人魂身前最後所要交託給生者的情感，所以如果阿書想成為他的助手，就勢必得精通各種的料理。

不能不說，阿書的學習能力非常的強悍——在符咒學上頭。

阿書擁有幾乎是天才的文字運用能力，輕鬆就駕馭了各種領域的符咒，甚至能夠化繁為簡，掙脫紙張的束縛，讓雲娘驚喜連連，大呼她是不世出的天才！

但是她在實作科目——料理學上頭，就幾乎令人不忍卒睹！

她對於不甚嚴謹的料理藝術，毫無一點領略的天分，按照阿書的話來說，那就是——「為什麼買回來的每一隻螃蟹，要加的調味料比例都不同啊？」

然後哭喪著臉，繼續被俞平揪著耳朵怒吼。

「因為妳每一次買回來的螃蟹都不是同一隻啊！」就算俞平肝火大動的這樣吼，阿書還是不能理解，做菜時那種介於隨心所欲與細微體察之間的分野。

三天兩頭，都惹得雲娘得從小房子裡面，出來替她心愛的學生解圍，以免史上最有天分的符咒學生，卻被她的料理導師給生吞活剝了。

日子就這樣一天一天過去，雲娘很少在外頭行走，就算要教阿書，也都是帶阿書進去她的小閣樓，現在的阿書已經可以凝神在式紙上頭，化身成為有血有肉的人類，在光天化日下穿梭自如了。

雖然她本來就不懼日光，這樣的凝形，也幾乎讓她與生前無異，但是阿書膽子偏小，不知道是不是被水煙之前帶回陰間嚇了一遭，她倒是安安分分，除了跟著俞平外出以外，不曾離開食堂太遠。

俞平本來已經打算會過上一段吵鬧的生活，但是卻出乎他意料的，似乎一切也沒有什麼改變，除了被阿書氣得半死，雲娘會急急來救以外，日子還是那樣一般的過。

而他接工作的方式很灑脫，就是等著任務自己找上門，至於人魂要如何知道這間食堂？該用什麼樣的方式抵達？

那就不是他該操心的範圍。

這一日，剛進入初夏的夜晚，氣溫微高。

店裡正在做打烊後的打掃，阿書附身在式紙上頭，穿著一條藍色短褲，滿食堂的跑，她正在完成俞平交代的任務——夏季大掃除。

她拿著條抹布，跪在食堂的門口，仔仔細細的擦地板，一吋一吋都是不可疏忽的範圍，俞平對於這種事情，有種近乎潔癖的執著。

阿書擦得專心，一臉的汗，卻忽然感到一陣陰影籠罩。

她全身的汗毛都豎立而起，全身的警鐘大響，巴不得立刻脫掉式紙，但被俞平吼了幾個月，她也知道如果她現在魂魄離紙，就會剩下一張黃紙，要是把客人嚇得半死，她不被俞平掐死才奇怪！

阿書吞了一口口水，硬是勉強自己抬起頭來……

沒想到這抬頭一眼，卻是把自己嚇得半死！嗖一聲，她的魂體迅速縮到了雲娘的閣樓前方，邊大喊著雲娘，邊咚咚咚的敲著大門，眼淚鼻涕齊飛。

剛剛她擦地板的位置，從半空中徐徐飄下了一張黃紙，顯示主人的慌張失措。

正在後門處理廚餘的俞平，聽見阿書的喊叫聲，摔下手上的餿水桶，一跑到前門，也愣了一下，這上門的訪客，與過往的不太相同啊……

一坨果凍狀的半透明大軟塊，足足有兩人寬、一人高，正站在店門前蠕動。

俞平畢竟見多識廣，壯起膽子走了過去，沒想到遠看還好，近看卻幾乎反胃，這半透明大軟塊裡頭，竟然包裹著人體的各個部位，還包括支離破碎的眼珠跟內臟。

他壓著噁心的感受，伸出手輕輕戳了一下眼前的果凍，果凍有點彈性，上頭現出一張嘴唇，血肉模糊的唇形，微張了張口，一名男子的聲音傳出。

「抱歉，嚇著了你們，但……你戳到我的胃了。」

俞平看著手指落下的點，那一個囊袋般的器官，就是眼前這傢伙的胃嗎？他清清喉嚨，「不好意思，請問你有什麼事情嗎？」

果凍又抖了幾下，似乎正在猶豫，但是幾秒之後抿了抿嘴唇的部位，彷彿下定決心，開口說，「請幫我完成我人生的願望。」

「人生的願望？並不是什麼都可以，不過還是先進來談吧！」俞平拉開了椅子，邀請對方入內。

然後聽到阿書的魂體拚了命大叫，雲娘從二樓探出了顆頭，抱歉的笑了一下，揮揮手，拉下了閣樓內的所有窗戶，杜絕阿書害怕的外頭影像。

「等一下，這也是工作的一部分。」俞平制止了雲娘的行為，走到樓閣前扠著腰，壓低聲音說話，「讓她出來。」

雲娘無計可施，只好讓抽抽噎噎的阿書出來，俞平一直盯著阿書，盯著她附身回式紙內，坐在果凍怪的面前。

阿書一入座，忍不住打了個寒顫，暈眩了幾下，幾乎快要昏過去，俞平只得壓低聲音警告，「妳不是想要整套再版過的《龍族》嗎？快點乖乖坐好，任務完成之後我就買給妳！」

阿書嗚咽了幾聲，「可、可是、人家真的好害怕啊！」

「給我坐好就對了！」俞平沒好氣的喝了一聲，明明都死了這麼多年了，就算沒有感覺，連陰間都走過一回了，竟然還害怕自己的「同類」？

冷靜的泡了兩杯安神茶，放在阿書跟果凍怪的面前，俞平雙手合十禱念奉茶給果凍怪後，再清清嗓子，「很抱歉，請問我要怎麼稱呼你？」

「嗯……我叫曹永昇，是承平大學的研究生。」曹永昇從果凍狀的身體內，緩緩移出了斷裂的手掌，拿起了桌上的茶，放到唇邊一口一口啜著。

阿書腦中的神經正在逐漸斷裂，她在恐懼以及渴望當中拔河，維持一種快要崩潰的痴呆，不能逃跑，但是又不敢面對……

「曹先生嗎？我叫俞平，你叫我俞大哥吧？」俞平乾脆不去管阿書的反應，溫和的對眼前的曹永昇自我介紹。

「俞大哥。」曹永昇相當有禮貌，還微微抖動了果凍狀的身體兩下，應該是想向俞平點頭致意……吧？

「咚！」這時一聲敲擊聲打斷了他們，旁邊的阿書直直往桌面敲了下去，腦袋撞擊桌面，發出沉沉的敲擊聲。

……竟然沒有解除附身狀態就昏過去了？

俞平完全啞口無言，只能看著娉婷走出的雲娘，歉疚的笑著，然後一把攔腰抱起了阿書，迅速把她帶回小閣樓內。

「咳咳，我們剛剛講到哪？」俞平臉上現出不易察覺的紅暈，有這種學生真是丟臉！

他故作沒事，拿起阿書沒動過的茶喝了一口，好茶可不能浪費。「你的願望是什麼？我們只能幫你傳達託付給生者，並不能替你完成什麼事情。」

「嗯，我知道，引路使者有說了。」

曹永昇侷促的坐著，果凍狀的外表，緩緩凝出了眼睛跟鼻子，各項臉部的器官各就各位，看得出來是相當年輕的外表，只是現在支離破碎，憑據著主人的意念而勉強集合在一起罷了。

「我是車禍死的，其實死因也不重要，只是解釋一下現在的樣子。」曹永昇微微苦笑了一下，「我想請你把我的論文，轉交給我的教授。」

「這樣子的事情，似乎可以幫上忙喔！」俞平略微沉吟一下，點了點頭，「那你想對教授說些什麼呢？」

曹永昇愣了一下，露出無限惆悵的模樣，「我想跟教授說……很謝謝他的教導，雖然他總是氣得把論文扔在我臉上，甚至說我是他教過最笨的學生了！」

「但是我真的很謝謝他，所以就算死掉了，也想讓他看看，我花費了所有的心血，最後寫完的論文。」曹永昇哽咽了起來，「就算我已經不能成為老師心中期許的人了……完全辜負了老師的栽培跟指導。」

「我知道了。論文在哪裡？」俞平無懼對方的模樣，伸出手拍拍應該是肩膀的位置，讓曹永昇一振，彷彿受到鼓舞般，打起精神回話，「在我宿舍的電腦內！」

「我知道了。」俞平站了起來，走到料理臺前，咻咻咻的幾秒內就雕出一朵含苞的百合，一樣先雙手合十禱念後，他把花朵遞了過去，「這花給你，如果我帶回了你的論文，花苞就會綻放，那時候你再來吧！」

曹永昇高興的站起身來，不住道謝，好一會兒才拖著腳步，從前門離去，俞平看著自己雕刻的百合，被曹永昇融合在果凍體內，跟部位不明的器官比鄰而居，有種說不出來的奇妙感。

他走向了雲娘的屋子，低聲說著，「雲娘，讓阿書出來，我有事找她。」

不一會，雲娘牽著瑟瑟發抖的阿書走出來，兩個人迅速放大，成為一人高的比例，她一臉擔憂，「我看阿書現在還不行……是不是……」話還沒說完，就被俞平舉起的手打斷了，「現在不行的話，以後也不行。」

他把阿書扯到身前，正色說道，「妳想這樣就認輸嗎？妳的執念就這麼一丁點嗎？寧願在地獄與陰差們拔河，也不肯過輪迴臺的妳，就這樣要認輸了嗎？」

只能說俞平深諳激將法的使用方法，阿書抖了幾下，還是站出雲娘的保護範圍，「誰說我認輸了！」抖著嘴唇，一臉慘白，她卻斬釘截鐵說著。

「那很好！我們明天就去拿曹永昇的電腦！」俞平揚揚手上的紙條，那是剛剛曹永昇抄給他的宿舍房號，明天只要假裝是他的家人，就可以去把電腦帶回來了！

根據曹永昇本人所說，他的爸媽都已經去世，又沒有什麼親近的親友來幫忙收拾，所以一干遺物應該都還在宿舍內才對。

翌日早晨，為了要去曹永昇的宿舍取回電腦，關東煮食堂迎來本月的第一次公休，要出門之前，俞平嘆了一口氣，「本月又要入不敷出了。」

雲娘倒是笑了開來，「你說什麼呢？需要什麼跟妾身說一聲就是了。」她的右手閃出了黃金跟閃亮亮的珠寶，一下子又被她收攏進袖口。

俞平啞口無言了一會，「不了。雲娘還是留著吧！」他轉身發動機車，要附在式紙上的阿書坐好，兩個人噗噗噗的騎著檔車出發了。

到了承平大學，俞平不免感嘆一下，他搬來這裡之後，跟這所大學還真有緣分啊！先是撿回了阿書，現在又要來處理曹永昇的遺願。

他向校門口的警衛表明了身分，警衛沒說什麼，只是多看了他幾眼，唏噓的說了一句，「曹永昇啊？一個很有禮貌的少年仔啊！」

警衛帶他到宿舍去，指引了樓層，就走回了警衛室，留下俞平跟阿書自行尋找曹永昇的房間。

俞平憑著手上的紙條，摸索著宿舍內的房號，爬了幾層樓，終於找到曹永昇所在的308號房，他敲了敲門，門內沒有反應，但是從裡邊震耳欲聾的音樂聲，室內應該是有人的。

他又耐心的敲了幾下，過了幾分鐘，終於有個大男生前來應門，男生一頭亂髮，身上只穿一件吊嘎跟四角褲，眼神不滿的看著俞平。

「你敲什麼敲啊？現在才幾點……」他的口氣相當差勁，不過在看到俞平身後，正附在式紙上的阿書，立刻閉上了嘴，開口詢問了起來。「唔？你們是？」

俞平看著手上的手錶，嗯，十一點？還是來早了嗎？「不好意思，我們是曹永昇的家屬，要來拿他的東西，你是他的室友嗎？」

大男生臉色扭曲了一下，掙扎了幾秒，才側身讓出一條通道，讓俞平走進去，「我是他的室友沒錯，他的東西都在那了，你們快點拿一拿吧！」他講完就倒回自己的床鋪，蓋上棉被。

他指的方向，是一個小小的書桌，上頭整齊的疊著幾本課本，還有一件外套披在椅背上。

俞平跟阿書走了過去，拿出他們預先準備好的袋子，仔細的收起了曹永昇的遺物，不管是不是委託人的託付內容，既然知道曹永昇沒有親人可以來幫他收拾，那他們就順手收一收。

不過整張書桌收得一乾二淨，甚至連床鋪上的棉被都一併打包了，還是沒看到曹永昇的電腦，俞平只得走向了曹永昇的室友，詢問對方，「不好意思，你有看到曹永昇的電腦嗎？」

躺在床上的大男生卻沒好氣的瞪他一眼，「他有託我保管嗎？」

俞平頓了一下，他總不能跟對方說，是曹永昇的魂體親自前來跟他說，電腦還放在宿舍的吧？不過這一趟最重要的目標就是電腦啊……

「那你知道他的電腦在哪嗎？」

沒想到曹永昇的室友態度卻是相當惡劣，「幹嘛？懷疑我啊？你們才奇怪吧？說自己是那個傢伙的家屬，隨便說說就要我相信嗎？我現在報警我跟你們說！」態度一整個非常的激烈。

俞平按下了心中的疑惑，如果真的讓他報警了，那他跟阿書也不好向警方解釋，「不好意思，可能他生前帶走了。」他跟阿書向對方微微鞠躬，收起了大包小包，往門外走了。

曹永昇的室友一等他們走掉之後，立刻砰的一聲關上房門，震的門框都抖落了些許灰塵。

俞平則接過阿書手上的東西，向阿書示意，阿書聰慧的點點頭，魂魄離開式紙，輕飄飄的竄進了剛剛的 308 號房間。

「欸怎麼辦啦？你之前不是說曹永昇是孤兒？屁啦！他有家屬欸！他們剛剛來收東西了！」曹永昇的室友焦慮的在308號房內走來走去，似乎正在打電話給另一個人。

「要是被發現怎麼辦啦？」他拉開了窗簾，探頭探腦的看著窗外，「他們跟我要電腦啊？但是曹永昇能賣的東西，早就被我們賣掉了，我哪裡去生一臺給他們？」

話筒另一端的人不知道說什麼，曹永昇的室友只是不耐的點著頭。

又聽了一會，電話掛斷了。阿書穿過門板，飄回了俞平的身邊，撿了個沒人的角落又穿起了式紙，娓娓道來，「東西好像被他們賣掉了！但是他們在電話中沒說賣去哪裡！」

「那就得想個辦法讓他開口了，我們晚上再來吧！」提著曹永昇的遺物，俞平跟阿書又回到了店內，為了晚上的事情，仔細的討論著幾個方案。

他們等到入夜後，偷偷摸摸的摸入了校園內，俞平在學生宿舍底下等著，上面的走道有監視器，他不方便上去，所以要由阿書來執行第一方案。

第一方案是等到曹永昇的室友睡著之後，讓阿書現形嚇他，裝成厲鬼的模樣，逼他說出把電腦賣去哪裡了！

但是這個方案實際執行起來，卻遇上了個困難——曹永昇的室友正在熬夜打電動，阿書沒辦法，又飄下來跟俞平商量半天，最後俞平不得已，偷偷侵入了學生宿舍的電源總開關處，切斷了宿舍的電源。

阿書在斷電的時候，趁機飄上樓，在曹永昇的室友面前，顯現出自己預先準備好的惡鬼相，披頭散髮的逼問著對方。

「快說！你把曹永昇的電腦賣給了誰？」阿書念著雲娘交給她的咒術，把自己的頭顱脹成三倍大，七孔流血，還拉出了長長的血舌，口齒不清的念著。

「啊啊啊！有鬼啊！妳不要過來！」

曹永昇的室友果然膽子很小，宿舍一斷電之後，他的眼前就從牆壁內，緩緩出現了一個慘死的女鬼模樣，嚇得他從椅子上滑下來，尿濕一整件四角褲。

「你要不要說……曹永昇的電腦到底去哪了！」

阿書又緩緩逼近了幾公分，掏出自己的眼珠，放在手心當中，圓滾滾的轉動著，她還進一步拿到了眼前大男生的鼻尖。

「我說我說！」曹永昇的室友拚命尖叫，試圖引起注意，但是這時候大家都因為停電而互相騷動，根本沒人注意到他。

「我們賣給了學校後門的二手電腦店……」他眼睛往上吊，翻了翻白眼，終於啟動人類的最後防衛機制，昏死在自己的尿泊之中。

「咯咯咯，好好玩！」阿書笑聲盈盈，直接穿越窗戶，從樓上的房間飄到了校門口，跟已經預先逃走的俞平會合，她轉了一圈，還不想解除自己的惡鬼相，彷彿剛從很刺激的遊戲中歸來。

俞平沒說話，只扳了一臺路邊機車的後照鏡給她，阿書一照鏡子，尖叫一聲，嚇得往上飄了數十公分，才後知後覺的發現不對，又趕緊飄下來，把惡鬼相解除，不好意思的笑了笑。

「他說賣給後門的二手電腦店了！」阿書難得心情這麼好，興高采烈的邀功著。

俞平倒是面色一沉，這下不妙了。

那家二手電腦店還兼做電腦零件販售，每次他騎車經過，都可以看到拆解成一堆堆的硬碟跟風扇，曹永昇已經死了一個多月了，如果他剛往生不久，他的室友就把他的電腦賣掉，那曹永昇的論文恐怕凶多吉少。

他略微沉吟一下，騎上檔車又急急趕到後門的二手電腦店，可惜今晚鬧了這麼一樁，人家早已經把鐵門拉下，連招牌燈都熄了！

「明天早上再來吧！我們看能不能把他的電腦買回來！」

俞平內心盤算了一下，明天就算硬押著曹永昇的室友，也要把他押來這裡，把曹永昇的電腦找出來！

現在只能希望，那部裝有曹永昇最後遺願的電腦，不要被拆解成破銅爛鐵，分別賣給了各個學生才好了。

第六章　失蹤的論文

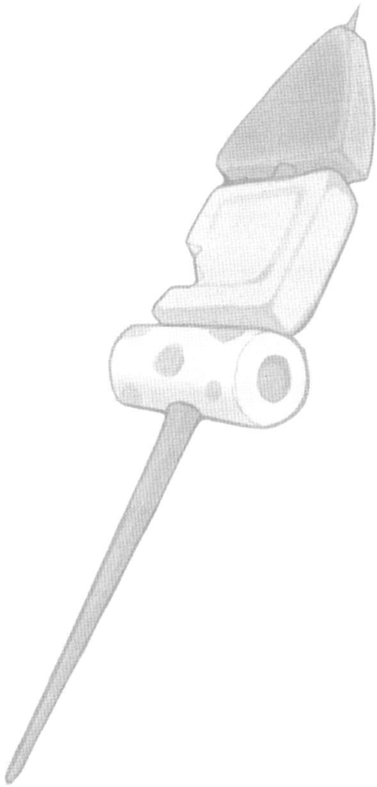

隔天一早，俞平毫不客氣的闖進了曹永昇生前所住的308號房，沒想到碰了個空，曹永昇的室友已經不知所蹤，整間房間安安靜靜。

他等不及曹永昇的室友回來，乾脆敲響隔壁的房門，卻得到了一個意想不到的答案——曹永昇的室友，藍子浩進醫院了！

細問下去，卻沒人知道藍子浩進醫院的原因，只大略知道他昨天接近清晨的時候，忽然一個人在房間內鬼吼鬼叫，嘴裡胡亂嚷嚷著：「有鬼啊有鬼啊！妳不要靠近我！天哪～」之類意義不明的話。

還賴在地上一灘顏色微黃的水泊當中，搞得自己異常狼狽，身上更有著奇怪的氣味。

最後大家沒有辦法，只好下樓報告給舍監知道，舍監一看，這超出他能處理的範圍，立刻叫了救護車，藍子浩就這樣莫名其妙被送進醫院了！

「去醫院找他談談吧！」

俞平只能風塵僕僕的載著阿書又趕往醫院，問明了櫃檯，昨夜由承平大學送來的學生在哪個病房，他們打算揭開天窗說亮話，時間再拖下去，曹永昇的論文恐怕會被格式化成一片空白了。

踏進醫院之後，映入眼簾的景象是，藍子浩正躺在病床上，哼哼唧唧的要自己的母親餵他稀飯，他一看到俞平跟阿書走進來，嚇得一整個尖叫起來了。

不得不說，有時候男人尖叫起來，比女人還可怕。

俞平皺了皺眉頭，試圖前進藍子浩的病床，藍子浩就不管不顧的瘋狂大叫，「走開！走開！就是你們！把那個惡鬼帶來了！媽！救我啊……」他胡亂揮著手，聲音響徹雲霄，連點滴跟一旁的稀飯都被打翻在地上。

藍子浩的母親護子心切，立刻站了起來，口氣凶惡，「你們找我兒子有什麼事情？他現在生病了，不方便見客！」她一臉緊張，擋在藍子浩跟俞平的中間。

俞平往前踏近一步，毫不意外，藍子浩的慘叫聲又迅速往上提高了十幾個分貝，他只好指了指病房外，示意藍子浩的母親跟他們到外頭談談。

「說吧？你們有什麼事情？」

到了病房外頭，藍子浩的母親盛氣凌人，只差沒有指著俞平的鼻尖，問他到底有什麼事情，非得要現在來打擾她的寶貝兒子？

「藍子浩賣掉了他室友的電腦，我們需要他本人跟我們一起去，才能把電腦買回來。」俞平開門見山，他不想再多浪費時間了。天知道在這裡多花一秒，曹永昇的電腦是不是就多一分危險！

「你們有證據嗎？不要隨便誣告我兒子啊！」藍子浩的母親怒瞪一眼，尖銳的開口，不過她看著神情沉穩的俞平，又想到自家兒子成長階段，一路上種種的惡行，只好訕訕然的閉上嘴巴。

但她還是不饒人，嘴裡叨念不休，「我跟你們說啦！不就是一臺電腦嗎？我們家子浩才不缺那種東西！」她不滿的嘟噥著。

「重點不是電腦！裡面有曹永昇很重要的東西！」阿書受不了對方的態度，忍不住往前一步，大叫了起來。

「唉唷！對長輩這麼沒禮貌？我說啊！女生就該有女生的樣子！沒家教、沒家教，嘖嘖嘖。」藍子浩的母親不屑的看了一眼阿書，嘴巴嘖嘖出聲，似乎正準備長篇大論一頓。

俞平伸手打斷對方，「很抱歉，藍太太，但是我們現在真的很需要藍子浩陪我們去把電腦買回來，畢竟我們對那臺電腦一無所知！」俞平低下頭，深深彎腰。

藍子浩的母親看著俞平的模樣，噎了一下，彷彿吃進了什麼難吃的食物。人家說伸手不打笑臉人，俞平的態度這麼謙卑，她也很難繼續囂張。

她哼了一聲，從包包內掏出一張支票，刷刷刷！快速在上頭寫了一個數字，隨便把支票塞進俞平的手上，「這個金額夠了吧？我跟你說喔，我兒子現在住院，誰都不能打擾他！你再來亂我叫警衛了喔！」

她站在病房門口，大有今天都要誓死守在這裡，阻擋俞平兩人的意思。

「就跟妳說不是錢的問題嘛！」阿書氣極，原地跺腳，想衝上前理論，卻被俞平拉住。

「算了，我們走吧！」俞平知道，如果真正鬧起來，恐怕自己這邊也討不了好，反而只會耽誤時間而已，俞平果斷的拉著氣呼呼的阿書走了，與其在那邊跟藍子浩的母親爭執，不如換個法子。

走到醫院門口，他把支票遞給阿書，發動機車，只回頭說了一句話，「燒了。」氣呼呼的阿書領命，立刻在指尖燃起火花，把這張金額為數頗多的支票，燒成一片灰燼，隨風飄逸。

很多東西，不是錢可以買到的。

被這樣一拖延，他們趕到二手電腦店的時候，已經臨近中午，入了夏天，路上的行人不多，都急急奔向有冷氣的室內，路上的行人，不是非不得已，就是正在想發設法的揮去一點暑氣。

二手電腦店的老闆娘在櫃檯邊打著瞌睡，她的頭緩慢的一點一點，彷彿正在夢周公，跟周公閒聊一些家常瑣事，無瑕理會剛上門的俞平與阿書。

因為時間緊急，俞平乾脆要阿書變成藍子浩的模樣來試試看，說不定老闆娘還有些記憶，能夠把曹永昇的電腦找出來。

「老闆娘，我們想找臺電腦。」俞平敲敲櫃檯的玻璃。

這是個半開放的店面，櫃檯就擺在馬路邊，老闆娘還兼賣著手搖杯飲料，招牌底下的大黑板就隔成兩半，一半寫著最新組裝電腦的價錢，一半寫著各種口味的飲料。

也算是一種另類的生意經營！

「你們要買電腦啊？」老闆娘從夢中驚醒，急急拉了一張宣傳單，塞到俞平跟阿書面前。

「爸爸帶兒子來買開學的電腦哦？來啦！這臺萬元文書機，我再加碼送你一張顯卡，保證讓你打那個LOL順暢又快！想要哪隻角色都可以秒選啦！」

……LOL？秒選？

面對著老闆娘滔滔不絕的介紹話術，俞平先是愣了一下，再看一眼阿書，兒子？好吧！或許當孫子都可以了！

他咳了一聲，「老闆娘你先別忙，我……兒子，前陣子在這裡賣給你們一臺二手電腦，現在想買回來，你還有印象嗎？」

老闆娘狐疑的打量他們一下，「啊賣了就賣了，我們家價錢不錯欸，幹嘛要買回去？」

她望了望兩旁堆積如山的零件，心想，那臺二手電腦，說不定早拆成十幾份了，現在要去哪裡找啊？

俞平拍拍阿書的背，示意她說出剛剛在路上討論好的說詞。

阿書緊張捏著自己的衣角，如果老闆娘細心一點，就可以發現這個男生的行為舉止，都非常的偏女性化。

「老、老闆娘，對不起！」阿書大喊一聲，頭迅速往下一敲，撞在了櫃檯的玻璃上，叩地一聲好大聲！在老闆娘瞠目結舌的目光當中，她繼續大喊，「賣給妳的那臺電腦是我室友的！」

老闆娘愣了愣，看著眼前男孩誠心道歉的模樣，還有在一旁的父親，只好揮揮手，「偷別人東西是犯法的欸……不過賣都賣了，那就沒辦法啦！你乾脆買一臺更好的賠給他吧！」

她迅速抽出第二張傳單，「不然這臺好了！電競專用，讓你從跑跑卡丁車打到星海爭霸，通通超人一等！速度是那個～飛快唷！想實現電競選手夢嗎？買我們家的電腦就對啦！」

阿書好不容易在老闆娘流利的推銷中找到空檔，她嗚咽一下，低聲說出剛剛在路上跟俞平商量好的說詞……

「可是我室友已經死了，不需要新電腦了……」

她吞吞口水，聲音很小聲，「啊他託夢給我，說他就是要他原本那臺，不然會變成厲鬼，摸過電腦的人都會受到他的詛咒……死翹翹喔！」

「夭壽喔！死囝仔！」老闆娘拔尖了嗓子大喊，衝出櫃檯，抓著阿書就是一陣打，連一旁的俞平都差點擋不住，對這個歐巴桑的力氣感到一陣暗暗心驚。

「這種死人骨頭的東西，你都敢拿來賣喔！夭壽喔！你存心害我啊！」

「對不起對不起真的很對不起！」阿書化成藍子浩的模樣，眼眶含淚，一臉真心悔改的懺悔模樣，（其實是被老闆娘嚇的）不斷的道歉。

老闆娘打了一陣子，看著藍子浩噙著眼淚的模樣，一個大男生擺出這種嬌弱的模樣，她還真的打不太下去了。

她嘆口氣，「人家說死人最是魯直的，我看你買新的他也不要咧！事到如今，我們還是把他的電腦找出來還給他吧！」

她拉下門口的鐵門，把俞平跟阿書請了進來，翻開登記簿子，找到了藍子浩當初賣給店內的二手電腦，然後戴著老花眼鏡，一樣一樣的把分拆的零件型號登記下來。

「還好型號都登記在這裡，但是你們也看得出來，店裡面的東西多得跟山一樣，這張單子我們一人一份，慢慢開始翻找吧！」

她指著店內各個角落，好幾堆的零件，要俞平跟阿書對照著紙上的型號，人工把曹永昇的電腦一點一點拼湊回來。

沒想到還是來晚一步，真的被拆得七零八落了！

俞平看著自己身上，今天第一次穿出門的白色汗衫，嘆一口氣，也蹲在布滿灰塵的零件堆旁，耐著性子開始找起。

三個人找了老半天，機殼不消說，老闆娘記得很清楚，一下子就從整車的廢鐵回收當中撈出來，然後接續著是、風扇、主機板、記憶體、顯示卡、一項一項都在三人的同心協力之下，從零件海當中撈出來了！

當然，阿書是一點忙都沒幫上，還被老闆娘奚落了一下，「你一個大男生念到大學了，連型號都不會分，就知道要偷室友的電腦來賣唷？」

阿書低著頭，羞愧的滿臉通紅，不是因為被老闆娘奚落，而是說實在，她還真的連記憶體長什麼模樣都沒看過，天知道要怎麼分辨各家出廠的編碼？

但是找了老半天，竟然缺了一樣最重要的東西！曹永昇的硬碟不見了！

眾人翻遍了整間店，怎麼樣就是找不到這顆裝著硬碟的論文，連老闆娘都累癱在椅子上，滿頭大汗的搧風。

「我送你室友一顆啦！你們隨便選唄！」她無力的指著滿地的硬碟。

可惜，曹永昇的論文只有一份，不然欲哭無淚的阿書也很想點頭，她只能低下頭，繼續小小聲說著，「可是曹永昇說要一模一樣，不然他的詛咒不會解開……」

老闆娘只好一邊大喊夭壽，一邊繼續蹲下去翻找，她甚至懷疑是不是自己抄錯型號，拚命翻著登記本一一核對，他們三人一路翻到下午放學時間，都累得不成人形。

「媽，你們在找什麼？」

放學時間到了，老闆娘剛上高中的兒子要上樓回家，經過一樓的店面，看到自己的媽媽把整間店翻得七零八落，忍不住問了一句。

「找個客人的東西啦！你快上去，冰箱有今天早上買的水果！」老闆娘頭也不抬，繼續跟一大堆灰塵奮戰不休。

「……喔！」老闆娘的兒子，單肩背著書包，踩上了樓梯。

整間本來就已經凌亂不堪的二手電腦零件店，現在像是被原子彈轟炸過的戰場，除了桌上幾臺完好的電腦以外，滿地都是零件跟散落的螺絲釘。

「我不行了……」老闆娘趴在桌上，後背已經被汗浸濕了，「說不定被我賣出去了！」雖然要賣出去的硬碟都會先登記後再格式化，但是現在整間店都找不到，恐怕也只剩下這個推論了。

看著兩眼放空的老闆娘，俞平跟阿書對看一眼，默然無語。

雖然很不想放棄，但是俞平幾十年來這麼多的案子，其實也不是每次都使命必達，現在這個狀況，只能跟曹永昇老實說了！

他站起身來，正想跟老闆娘說聲抱歉時，老闆娘的兒子卻露出了半顆頭，從一樓的樓梯門後冒出聲音，「欸……你們是不是在找這個啊？」他嘿嘿笑著。

他揚了揚手上的硬碟，店內三人都同一時刻瞪大眼睛，老闆娘率先衝向前去，「你這個夭壽囝仔！誰叫你拿店內的東西？」

老闆娘的兒子委屈的閃躲著自己老媽的掌力，「啊我昨天晚上電腦臨時要重灌，就隨便抓一顆去備份了啊！」

老闆娘呆愣在原地，「那你……格式化了？」她還記得阿書說的話，曹永昇要他的電腦「完好無缺」，人死最是魯直，恐怕連一丁點的資料都不能缺個角啊！

老闆娘的兒子燦爛一笑，笑得一臉天真無邪，「當然啊！不然我怎麼拿來備份，這顆硬碟容量又不大！」

……不大你不會換一顆嗎？

眾人皆無語，有種衝上前暴打他一頓的衝動！

還好硬碟找出來了，在老闆娘的急救之下，格式化的資料總算是拿回來了，等到終於成功點開了曹永昇的論文頁面，三個人都有種相對無言，唯有淚千行的感覺。

「你們要印這個喔？頁數很多，有點貴喔！」老闆娘邊懷疑的看著阿書，邊把電腦接上了店內的雷射印表機。

「對啦對啦！曹永昇說他的論文要一起燒給他，不然他死不瞑目。」阿書抹抹額上不存在的汗，她今天說的謊話，比她一輩子說的加起來要多了！

等到他們抱著一大疊的論文跟扛著一具重得要命的電腦，回到店內，月亮都已經掛上了樹梢，俞平累得不想說話，倒在店內的地板上。

阿書則早早就脫了式紙，鑽進雲娘的小閣樓內撒嬌喊累了（兼抱怨俞平要她說謊）。

冬末不知道從哪裡竄進來，踩在俞平的肚子上鄙視的看著他。

「我說你啊，幹嘛每次都這麼認真？那個果凍怪的執念，是在辛辛苦苦寫的『論文沒交給教授』這件事情上，你就隨便拿個東西給教授，糊弄他一下不就得了？」

「受人之託，忠人之事。」俞平閉上眼睛。「還有不要叫人家果凍怪！」

他累得只能嘟噥兩句，他今天晚上不想回家了，他想乾脆在這裡沖個涼，隨便打地鋪睡算了！

「你這個大笨蛋！」冬末氣得在他肚子上蹦跳，肥嘟嘟的身材壓在他的胸口，踩的俞平險些喘不過氣來！

「好啦好啦！下去，大肥貓。」俞平伸出鹹豬手，抓了抓冬末肥美的臀部，惹來冬末的貓爪一掌，啪的一聲拍在他的臉上。

一人一貓很幼稚的在地上打鬧，直到撞上了桌角，惹來雲娘特地從二樓窗臺探出頭來關切，俞平才拎著冬末的後頸，隨便拉一件外套，跨上了檔車。

「喂喂喂幹什麼你，我最討厭坐機車了啊！」冬末被塞在俞平的外套中，探出一顆頭來驚恐的吼叫。

「今天陪我回家吧？」俞平低頭，黑眸深深的凝視著冬末，眼神中藏著一點哀傷跟寂寥。「最近晚上有點冷啊。」

「……那你騎慢一點啊！」冬末訥訥的縮回他的外套內，緊閉著雙眼，一副慷慨就義的模樣，兩隻貓掌伸出爪子緊緊勾住外套邊緣的拉鍊。

俞平咬著下唇，要很忍耐的才能不笑出聲來，都夏夜了還會冷？

啊！冬末真的好可愛啊！他緩緩騎車機車，在月色下哼著歌前進，懷中裏著一團暖呼呼的毛球，朝向自己的家騎去。

呵……

隔天一早，回到店內，俞平先雕了一朵百合下鍋，燙熟了之後，花朵竟散發出些微的香氣，纏繞在室內，緩緩的往上飄。

不一會，曹永昇就站在店門前，拘謹的笑著，仍然是果凍狀的身體，蠕動了兩下，微微向俞平點頭示意。

「你來了啊？先坐吧！」俞平不理會縮在後頭嗚咽的阿書，把曹永昇請到了料理臺前的座位。

「謝謝你們。」曹永昇爆裂的眼珠，移到頭頂的前方，充滿感謝的凝視著俞平跟阿書。

俞平面不改色，倒了一杯茶，「請坐。」他從桌下拿出了一疊的論文，放到曹永昇面前，「是這個吧？」

曹永昇又從體內移出骨頭透體而出的手臂，一頁一頁的翻著自己的心血，「沒錯！就是這個，花了我四年的時間啊……」

俞平吞了一口口水，原來你把研究所當大學念，難怪至死都還在執著這件事情，「送去給教授的時候，順便帶碗麵吧？」他煮開了高湯，開始切著關東煮。

爐子在火上熱著，朦朧的霧氣，模糊了曹永昇的視線，他無限緬懷的說著，「烏龍麵啊……教授以前常常請我們去他家吃麵呢……」

「哦？那他喜歡什麼口味？」俞平切了兩塊蘿蔔，開始在鍋上煎著豬肉片，先煎過再下鍋煮，特別有味道。

「辣！簡教授特別喜歡吃辣！還要夠辣能帶勁，他才喜歡！」

曹永昇的嘴唇拉開一道弧線，想起了生前到教授家蹭飯的記憶，教授總是挖了一大匙的辣椒，放進麵裡面，吃得滿臉通紅，才大呼過癮！

他不是成績最好的學生，相反的，他的成績很差，領悟力不好、細心度又不足，一個中文系研究所，他可以念了四年。

換過兩次的論文題目，每次總是中途放棄，教授找自己談過好幾次，卻從來沒跟他提過要不要放棄。連他自己都懷疑自己，是不是去找份工作比較好的時候，教授卻跟他說，「如果你這樣的人，都放棄了學術研究，那還有誰願意呢？」

他沒有問清楚教授的意思，卻把這句話死死記在心中，每次很沮喪的時候，就把這句話拿出來細細咀嚼，或許教授是說自己笨，終身只適合做枯燥的研究，但是那又怎樣呢？

他就是喜歡埋首在字紙堆裡，研究每一個字的抑揚頓挫，討論每一篇作品的背後時代情感——彷彿走在各個時光的隧道中，抬頭看著每一個作品的軌跡。

最後一次他撿回了第一次想做的論文題目，仔仔細細的研究過了一番，希望能寫出連教授都覺得很棒的東西，花費了無數的夜晚，耗盡了所有的心力，才將幾乎難產的論文一字一字的敲在螢幕上。

沒想到……沒想到在赴印的前夕，他會在外出的時候，被迎面而來的大卡車追撞，就這樣支離破碎的死在離校園不遠的大馬路上。

不是不怨恨啊，但是跟怨恨比起來，心中最大的希望，還是讓教授看一眼自己的論文，然後露出一次笑容，肯定自己的努力。

就只是這樣而已。

所以不想怨恨任何人，就保持著生前的性格，曹永昇接受了引路人的建議，來到了關東煮食堂的門前，慎重萬分的把自己最後的心願委託給俞平。

「嗚嗚你好可憐……教授如果知道你到死都沒有放棄，一定很開心的啦！」

阿書邊聽故事邊抹眼淚，她本來怕得要死，離料理臺離得遠遠的，但是曹永昇一說起生前的故事，她就不自覺的越移越近，最後巴在檯子前面，為短命的曹永昇哭泣。

「呃……也沒有這麼可憐啦！」

曹永昇悄悄往後移動了幾公分，他露在果凍外的手掌，正被阿書緊緊握住，這個綁著雙馬尾的少女，之前被他嚇得不輕，一秒鐘前卻眼神燦亮亮的跟他說，「不然你也留下來好了！我可以撥一點薪水買古書給你看！」

「不、不用啦！我還是去投胎好了！」曹永昇嚇了一跳，想把自己的手掌抽回，卻又害怕用力過度，讓可愛的少女受到驚嚇，畢竟她之前可是怕自己怕得要緊！

「妳別添亂了，幫我從冰箱冷凍庫拿點辣椒，記住要最上層那盒。」俞平拍了一下阿書的手，讓她放開人家。

「最上層喔？我看看唷……」阿書墊高了腳尖，完全忘記自己已經可以帶著式紙往上飄，「是這盒？看起來有點像紅色的小苦瓜欸！它是辣椒嗎？」她舉高了手上的盒子。

「嗯。它叫印度鬼椒，又名斷魂椒。」俞平咧開了嘴，自信的笑，「這個啊，一點點就包準讓人面紅耳赤！」他拿起其中一條，切下了一半的長度，放入烏龍麵當中熬煮。

「你的教授絕對會喜歡的！」他放入了備好的關東煮切塊，蓋上蓋子，現在只要等高湯滾了就可以了！

曹永昇也興奮的笑著，連果凍狀的身體都染上了粉色，似乎心情相當好，「那就萬事拜託你們了！」他低下頭，用力大喊。

「放心！我們絕對使命必達！」阿書也握拳，元氣十足的大喊。

「妳興奮什麼？去調些醬汁來。」俞平彎起了食指，敲了一下阿書，引得她淚汪汪的回頭，敢怒不敢言的拿起醬油，一點一滴的倒入碟子中。

「用心啊，記得我們找論文的過程吧？妳有多辛苦，人家就是妳的千百倍，這是曹永昇的心血，我們要用料裡傳達……」

「是是是！這些我都會背了，要不要聽我背給你聽啊？」阿書偷偷吐了舌頭，揮舞著手上的薑絲，俞平就是這麼吹毛求疵，就算是一碗麵，也要備上數種醬料，供客人取用。

俞平只能嘆口氣，撈起了麵條，默默搖頭苦笑，都是自己跟雲娘寵壞了這小妮子。

帶著曹永昇的論文，以及俞平特製的紅花烏龍麵來到承平大學，他們按照著大門警衛的指示，找到了簡教授的教授研究室，他們對看一眼，輕輕敲了門。

「進來。」裡面傳來聲若洪鐘的聲音，似乎把他們當成一般來請教的學生了。

「簡教授嗎？我們是曹永昇的家屬。」俞平跟阿書走了進去，關上背後的門。向教授自我介紹。

「嗯？據我所知，他的爸媽都已經過世了。」

簡教授轉過身來，拿下眼鏡，坐在電腦椅上的他，頭髮花白，看起來已經六十幾歲了，微微凸起的肚子，眼神卻很銳利。

「我們是他的遠房親戚，受他的託付。」俞平頓了一下，決定還是開誠布公的說，「他請我們把他的研究論文交到教授手上。」

簡教授的神情卻肅穆了起來，「這樣子有什麼用呢？他都走了。」他臉上忽然揚起了冰霜般的怒氣。

的確是該生氣的啊！那樣好的一個學生，就算能力不好又怎麼樣？

他嚴謹的對待知識，溫柔的轉譯著古書籍，記得每一次要戴手套才能碰古書的規矩，他會遲遲扣著不肯輕易讓他畢業，就是不希望這樣好的學生，太早放棄學術這條路。

他希望曹永昇可以真正發現自己的價值，然後成為自己最有利的左右手，所以一直對他很嚴苛，不願意放任何一次的水。

但是，他就這樣走了。

在那麼年輕的時候，因為大貨車的闖紅燈事故，他的一條生命就賠在這上頭了，怎麼可以呢？

簡教授背過身去，面對著電腦螢幕，冷淡的說著，「放門邊的桌上吧！不過人都走了，這也沒什麼意義了。出去吧！」

俞平嘆一口氣，「教授您說的是，但是那個孩子，一直心心念念，就是希望能夠把論文交到教授您的手中。」

教授還是無語。

俞平一咬牙，「他不怪任何人，最後的願望就只有這個了。」他為了曹永昇的願望，不惜破壞了陰間的規矩，慎重萬分的低下了頭。

「對啊！曹永昇都撞得爛糊糊，還想著論文啊！」阿書緊張的喊著，好不容易取得了曹永昇的論文，沒想到教授卻不願意看！

「你們放著吧！」簡教授恍若未聞俞平的話，仍然不為所動，甚至沒有回頭來看他們一眼，對於俞平跟阿書口中怪力亂神的話語也沒有一絲反應。

「這碗麵也是那孩子的心意，我一併放著了。」俞平深深嘆氣，推著心有不甘的阿書走出教授的研究室，他們能做的已經都做了，希望曹永昇可以消除他的執念，前往他該去的地方才好。

至於教授願不願意看他的論文，唉！那就不是他們可以控制的了。

兩個人來得時候都興致高昂，現在只能垂頭喪氣的回去，還互相叮嚀，不能讓曹永昇看出來，不然他一定會很失望，自己心心念念的指導教授，卻不願意看一眼他的研究論文。

等到他們走遠了，簡教授才猶豫的站起來，走到門邊的小桌，拿起桌上厚厚一疊的論文，印刷得很慘，看得出來剛剛那兩個人是外行人，不僅用了最廉價的黑白印刷，還只用大夾子隨便組裝成冊。

但是他還是翻開來了，一頁一頁的看著，這是他與曹永昇討論出來的主題——《中國女詩人的情感與時代探討》。他看著上面一項項珍貴的史料，曹永昇附上了每一位女詩人的照片，還大費周章的製作了詳盡的生平年代表。

看至此，教授忍不住苦笑，輕嘆出聲，「早知道你這麼早就要走了，當初就讓你……」唉！他深深嘆息，一切已是枉然。

在他翻動論文的同時，鼻尖聞到了一股香氣，若有似無的纏繞著他的神經，他終於忍不住，拿出了袋子中的另一項東西，一碗紙盒裝的烏龍麵，正熱切的熨燙著他的手。

他坐到桌前，打開蓋子，先是喝了一口湯，又驚喜的趕緊拆了筷子，夾起了彈牙爽口的麵條，「好辣好辣！」簡教授吃得汗流浹背，卻忍不住一口接一口，實在是太好吃了！非常對他的胃口！

那兩個人到底是曹永昇的誰呢？為什麼連自己的飲食習慣都這麼清楚？

簡教授搖搖頭，子不語怪力亂神，但是說不定，如同他們所說的話，曹永昇真的去找他們了？簡教授一時之間為自己的想法失笑。

等他吃了個碗底朝天，心滿意足的時候，他沉吟一下，重新拿起論文，一頁頁的翻閱著，越看越入迷，沒想到再抬起頭來的時候，天色已近黃昏。

「好！真是好！論點細膩、考據仔細，有走出自己的路子！」

教授拍掌大笑，拿起桌上的分機，迅速的撥了出去，「許主任嗎？我簡清。」

「簡教授啊？找我是？」對方似乎相當訝異簡教授會親自打電話給他。

簡教授不管對方的反應，自顧自往下說，「我們系上前陣子有個研究生車禍走了，你知道這件事情吧？我要給他今年度的畢業證書。」

對方沒說話，停頓一下，「這可不行，沒按照規矩來，他沒繳交論文、也沒有過口試……」

簡教授堅定的說，「論文交了，在我這！我看完了，這張畢業證書不管怎樣，我都要給出去。」

一陣靜默，「我說老簡啊……」他換了個稱謂。

其實兩人也相識數十載，只是一直在系上王不見王，沒有機會成為交心好友。「你不能因為學生意外身亡，就要額外給他畢業證書，這一切是有程序的，更何況……」

簡教授直接打斷許主任的話，「我說過了，論文我看完了，寫得相當好，你不給我這個名額，我明年就不幹了！」

他乾脆威脅對方，哼哼！系上還有好幾門課，只有自己這個教授能開，要是許主任不肯拋棄那些程序什麼的，他就自己親自下來教課好了！

「……學生的論文先拿來系辦我看看。」許主任不得已，只好先在電話中妥協一步。

「晚點讓研究生拿過去，順便把學生資料給你，記得發畢業證書給他！」簡教授逕自下了定論，口氣堅定。

「等我看過再說吧！」許主任掛斷了電話。

簡教授又拿起桌上的論文，邊翻看邊滿意的不住點頭。

等到簡教授拿到曹永昇的畢業證書，已經又過了兩個月。

當中他跟許主任大呼小叫了好幾次，吵得整間系辦快要翻天，所有助理紛紛走避，好幾個相熟的教授都下來勸了幾次。

面對頑固的許主任，簡教授也不是沒想過放棄，但是只要一想到最後那疊印的粗糙的論文，卻一字一句如此細膩又完整，還有那孩子徹夜在研究室，映照著檯燈的臉龐……

就說什麼都不想讓他留下遺憾，不管他是否能夠看見。

「永昇。我們師生一場，也不過四年，這一路我從沒放過水，就對你特別嚴苛，我知道你很挫折，但你真的做到了，很棒，我替你感到驕傲。」

每次跟許主任吵得臉紅脖子粗，簡教授就會一個人坐在研究室，看著自己背後那斑駁的牆，上頭有些許的水痕。

曹永昇常常過來自己這，一待就是大半夜。

師生背對背，一夜無語，卻各自入迷的看著手上的書，直至天明。偶爾簡教授回頭一看，睏極的曹永昇會倚靠在牆壁邊，垂著腦袋一點一點。

簡教授跟許主任的戰火，最後驚動了校長，校長乾脆一拍板，發還曹永昇的畢業證書，但是簡教授得再多開兩個專書課程，還把他們兩位教授都叫來，各罵了好一陣子。

簡教授對此「小懲罰」倒是不置可否，他只是一個人走回了自己的研究室，長滿粗繭的手，一下又一下的摩挲著那張薄薄的畢業證書。

從他手裡送出去的畢業證書的，數也數不清；但這唯一送不出去的一張，卻是他心底最大的惆悵。

他把曹永昇的畢業證書掛在曹永昇常待的位置那，矮矮的，並不是很高，卻彷彿曹永昇還在那裡，他坐在滑椅上，往後退了幾步，看著證書上頭的照片，曹永昇理個小平頭，正笑得十分開心。

唉……我最後能為你做的，也只有這樣了。不知道你看到了嗎？你雖然走了，卻留下了很棒的作品喔，孩子，一路好走吧。

簡教授默默嘆息，拿下了眼鏡。

第七章　妖怪安樂窩

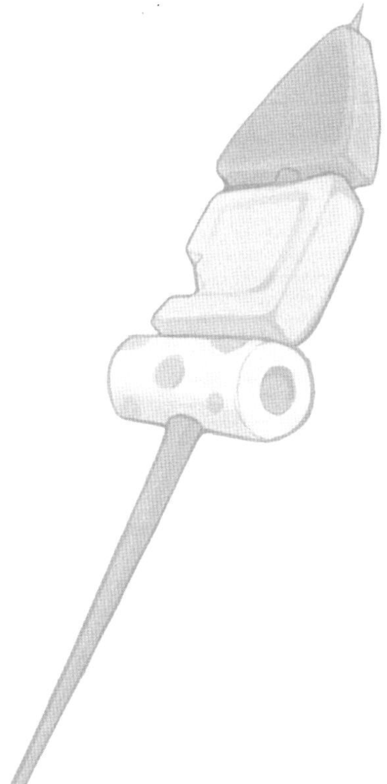

完成曹永昇的託付之後幾個月，進入秋季了。

一天晚上，氣候涼爽，秋天的楓紅落滿了食堂門前的階梯。俞平在料理臺前，埋頭苦思，實驗新的菜色，阿書附在式紙上，坐在餐桌前翻著書，滿室寂靜，只有火爐偶爾發出來的滋滋聲響，以及緩緩上升的白色煙霧。連冬末都賴在自己的層板上面，翻出了白嫩嫩的肚子呼呼大睡，毫無神獸的形象可言，不過牠也不在乎這種事情，睡了半天，扭扭腰身，又換個姿勢繼續酣睡。陰冷的風從門縫間吹進來，吹散了爐火上的香氣，往外席捲。

俞平若有所覺，一抬起頭來，水煙慘白的臉在他面前放大，俞平的手重重抖了一下，差點切到自己的手指頭，他吞嚥了一口口水，裝作若無其事，「怎麼忽然來了？」

水煙今天走民初風，穿得宛若徐志摩當代的人，一身黑色西裝，搭配全黑皮鞋，說實話有點像是要走喪一樣，配合水煙現在陰惻惻的臉龐，真是令人不寒而慄。

「帶隻鬼來看看你們，順便看一下我的徽章啥時可以回到我身邊。」水煙黑著臉開口，側開了身，讓出身後的魂體，俞平一看，仍然是果凍狀的曹永昇，組合好了外觀，正在對著他感激的笑。

曹永昇從肚子內掏出了一張紙，興高采烈的揚起，遞到了俞平眼前，「你們看！我的教授燒這個給我！」

聽見曹永昇的聲音，阿書倒是從書中世界醒來了，蹦蹦跳跳跑到曹永昇前面，接過了那張紙，念出了聲音，「曹永昇在本校文學院中文系組碩士班研究期滿……」

她驚喜的大叫，「哇！這是你的畢業證書嗎？你不是沒畢業嗎？怎麼會有？」
阿書扯著曹永昇的手蹦蹦跳跳。上頭雖然是黑白的紙本，看得出來是影印的，不過還是很令人驚喜！
曹永昇老實地搖搖頭，「不知道。」
接著又笑嘻嘻的咧開嘴，「前些時候，我在陰間閒晃的時候，天上忽然就飄下這張紙，我一時好奇，伸手就抓，沒想到上面竟然寫著我的名字！」
水煙砸砸嘴巴插隊，「對啦對啦！所以這小子就日夜跑來煩我，說什麼一定得上來謝謝你們，天知道他還用掉了一年的來生壽命咧！」
俞平跟阿書齊齊瞪大眼睛，「一整年欸，你下輩子又要早死了喔？」
阿書心直口快，彷彿很替曹永昇惋惜一般，拍拍他的肩膀。
曹永昇嘿嘿一笑，絲毫沒有對阿書的話生氣，「不會啦，我下輩子會記得多做一點好事，一年而已，應該可以補回來吧！」
他果凍狀的靈體抖了幾下，鄭重的跟俞平還有阿書彎下腰，「真的真的很謝謝你們。」他深深鞠躬，良久才抬起頭來，眼裡晶亮亮的。
「不要這樣說啦！可以幫到你，我們也很開心啊！」阿書扯著曹永昇的手甩，也抹抹眼角，多愁善感的她，開始覺得這份工作相當有意義了！
「好啦好啦！該我了！該我了！」水煙一屁股擠開曹永昇，換他緊緊握住阿書的手，用力感受著阿書體內的靈力，阿書怕水煙怕得要死，只好哭喪著臉站在原地。

「怎麼靈力還這麼差勁？」水煙不滿意的皺起眉頭，扯開喉嚨大喊，「雲娘！雲娘妳在哪裡？」他環顧四周，發現雲娘在櫃子上的小閣樓，毫不客氣的用指頭戳著小樓的正門。

「妾身這不就來了嗎？」雲娘聽見他的叫喚，娉婷走出來，轉眼間從拇指尺寸變成人形般大小，「我說水煙大人啊，她可是毫無修煉的人魂，短短幾個月內有這種成績，已經是開天闢地以來的天才了！」

雖然雲娘說得誇張了點，不過實在也是水煙太沒耐心，他聽見雲娘的話，只能垂頭喪氣的放下手，「雲娘說的話，我也只能信了，但我要等到猴年馬月，才能拿回我的徽章？」

看著哭喪著臉的水煙，阿書一溜煙又溜回了雲娘的身後，務求離水煙越遠越好，「大人，您就再等等吧！相信妾身，您拿回徽章的那一天必定指日可待。」雲娘盈盈下拜，她對自己的學生相當有信心！

「唉……」水煙一屁股坐在料理臺前，指指櫃上的清酒，「開兩瓶來，我要喝酒解悶啊！你們都不知道我現在在那邊多慘啊！」他抓著俞平，不斷的抱怨。

俞平無奈，只能拿出了壓箱底的珍藏，讓難得心情如此差勁的水煙，解解心裡無法傾訴的鬱悶。

水煙邊喝，還邊發牢騷，「我現在可是個小小的文書官啊！連來去陰陽的資格都被拿掉了，這次也是趁著曹永昇的機會，才能帶他上來看看你們！唉！」

等到喝了個瓶底朝天，都早早過了店內的打烊時間，在曹永昇的不斷催促之下，水煙才終於心甘情願的站起身來，搖搖晃晃地離去。

等到他們走出店門口，阿書忽然啊了一聲！猶豫了一下，又衝出去追兩人，大喊出口，「曹永昇！你想不想知道是誰幫我們找到你的論文的？」

她追上曹永昇，大喊這麼一句，曹永昇果然回頭，疑惑的問：「我的論文不在電腦內嗎？」

你的論文是在電腦內沒錯，但是你的電腦不在你的房間內……阿書擺擺手，「那不重要啦！有個人你一定要去感謝他！他這次可幫了我們大忙！」

阿書雙眼燦亮，笑的狡猾，「這個人就是你的室友，藍子浩！你一定要去他面前感謝他啊！」阿書斬釘截鐵的說著，末了還加重語氣的點頭。

「……是他啊？」曹永昇愣了一下，沒想到平常很瞧不起自己的室友，會在自己走後，對自己這麼有情有義，這樣說起來，還真的得去謝謝他一聲。

「水煙大人，我可以去見我的室友嗎？」他語氣恭敬的問著水煙，畢竟他預先折抵的一年壽命，只是要求水煙帶他來食堂而已。

喝得醉醺醺的水煙，一臉憨笑，「可以啊！我還可以幫你現形，讓他看見你喔！」喝醉了之後的水煙，意外的相當好說話，他立刻抓起曹永昇的手，不分方向的往天上飛去！

一直到他們飛到了半空中，都還可以聽到曹永昇驚慌的指路聲音，阿書掩著嘴竊笑，蹦蹦跳跳的跑回食堂去了。

「幹什麼去了？」俞平狐疑的看著阿書，這小妮子忽然衝出去，現在回來卻笑得一臉得意，似乎做了什麼惡作劇一般開心。

「沒……有……啊！」阿書搖頭晃腦的拉長聲音，不管桌上看到一半的書本，脫了式紙，化成一陣輕煙，鑽進雲娘的閣樓內，立刻去跟雲娘報告剛剛的事情！

才不要跟大叔說呢！阿書吐一吐舌頭，鑽進大門。

俞平人在外邊，手上刀起刀落，都還能聽見閣樓裡頭，隱約傳出嘰嘰喳喳的聲音，以及雲娘輕笑出聲的笑聲。

……什麼事情這麼神神祕祕？

俞平邊想邊拍了一些洋蔥，今天晚上的生意一樣很差，不過這樣卻沒什麼不好，他望了一眼架上呼呼大睡的冬末，彷彿絲毫不知道剛剛發生什麼事情。

而帶著曹永昇飛上天的水煙，果真信守承諾，幫助曹永昇現形，出現在剛出院的藍子浩面前，不過他們都忘記一件事情了——曹永昇的魂體型態，咳！畢竟不是那麼的美觀。

所以毫不意外，前來表達謝意的曹永昇，又把藍子浩嚇得屁滾尿流，甚至在整棟宿舍的走廊內光溜溜裸奔，四處敲擊著大家的房門求救，不過這一切也只是個美麗的巧合，誰叫藍子浩正好在洗澡呢？

對此，曹永昇倒是完全不知道自己犯了什麼錯，他只不過想來說一聲謝謝而已啊！他只打了聲招呼，跟沖澡中的藍子浩說：「嘿！是我！被撞死的曹永昇。你還記得我嗎？」

僅只這樣而已啊，他百思不得其解，藍子浩到底為啥要怕成這樣？

而平時精明的水煙大人，又因為鬱悶已久，今天在食堂喝了個酩酊大醉，所以也幫著曹永昇胡來，一點都沒發現他們幹了什麼好事，還興致高昂地扯著曹永昇說，「不然我們明天再來！我額外贊助你三年壽命！讓你天天來！」

曹永昇搖搖頭，神情落寞，「水煙大人謝謝你，不過還是算了好了，說不定他也不想再看到我。」

畢竟在他生前，藍子浩對他就不是非常友善，恐怕會幫助俞平他們，也只是一時的善心大發而已。

「欸？難得我人這麼好說……」口齒不清的水煙，扯著曹永昇的手，往窗外飛去，準備回到陰間去。因為他多帶了一個人，不像之前只有自己那般方便，得飛遠一點找到正門入口才能回去。

他們在半空中飛得跌跌撞撞、忽高忽低，好幾次都讓曹永昇驚恐的提醒，水煙才臨時閃過了大樓跟夜行性的大型鳥隻。

等到他們即將抵達陰間正門之一的時候，曹永昇已經連嗓子都叫啞了。

他看著前方的大門，終於鬆了一口氣，向水煙指明了方向，他們準備回陰間了，就在這時候，他們忽然硬生生被凝結在半空中。

水煙還不明所以，用力催動現在自身低落的靈力，試圖加速往前飛，曹永昇率先感到不對勁，一整個背脊發毛，手腳不由自主的打顫了起來。

曹永昇顫抖著回頭，但這一回頭，卻嚇得說不出話來，一道野獸般的目光，夾著濃墨般的身影，朝他們鋪天蓋地的席捲而來。

醉醺醺的水煙被濃重的墨絲困住，終於發現不對勁，他回過頭來，搖搖腦袋，試圖清醒幾分，「你是誰？抓住本大爺做什麼？」

野獸般的目光，嗓音卻是溫和清雅，淡笑一聲，「你是水煙吧？」

水煙還沒察覺到危險，嗤笑著嚷嚷，「唉唷，還知道本大爺的名諱，那就快快放了本大爺跟旁邊這倒楣鬼，我急著趕路，這回就不跟你計較了！」

「很好。」隱在墨色中的來人，一直沒有現身，只隱約看見他點了點頭，「阿書是你轄管的人間陰差？」

「正是！」還糊里糊塗的水煙大聲回了一句，但話才出口，他的腦袋就彷彿被潑了一桶冷水，自己的徽章可還在那小妮子身上……「你這傢伙問這麼多幹嘛？你到底是誰？」他一個激靈，終於清醒了大半。

「在下是青彌生……至於我要做什麼？這你就不用管了。」反正你也管不了。青彌生咧開嘴角，「我得去跟你的小陰差見個面，但我正缺一樣上門的好禮物，我想……就你吧！」

曹永昇聽至此，忍不住驚恐的大嚷起來，水煙抓住時機，猛力催動自身靈力，竟也讓他們逸脫了三尺多。

只是那青彌生十分有把握，不疾不徐，只一揮袖，濃墨隨即席捲而上，幾個光影過去，這片夜空竟只餘下滿天的星辰，依舊閃爍。

再無人影可尋。

今天店內的生意不錯，黃燈初上，就迎來了好幾桌的客人，俞平邊舀著清湯，邊在火爐上烤著一隻隻的魷魚，微焦的香氣吸引著大家的食慾，金黃色的亮光反射出師傅的火候。

在聊天聲中，關東煮食堂呈上了一道道簡單的料理，俞平不喜歡太過繁雜的菜色，他覺得食物的原味是最天然的佐料，還有各種當季新鮮的蔬果，只要當季，口感自然絕佳。

在這帶著一點吵鬧的靜謐氣氛中，一名少女從外頭哭哭啼啼的闖進來，她頭上的雙馬尾蓬鬆有光澤，身材纖細，穿著有帽子的連身裙，模樣青春可愛，卻邊擦眼淚邊走進食堂。

「嗚嗚嗚，我最討厭他們了啦！討厭死了、討厭死了！」少女哭得悽慘，又令人心生憐惜，梨花帶淚的引起大家的注意。

客人們因為少女的淚眼，而停駐了交談，直到少女閃身進入後門，才繼續著剛剛的話題。

俞平皺眉了一下，一抹輕煙往架上的模型小閣樓飄，黃紙從天花板徐徐飄下，他閃身把紙張擋住，繼續送上了一碗碗的熱湯。

一直到打烊之後，俞平做完了所有的掃除，才走到雲娘的小閣樓前方，敲敲大門，「雲娘，阿書睡了嗎？」他低聲喚著雲娘，心想，這是這個月的第幾次了？

自從水煙把徽章給了阿書之後，各方擁有靈識、神通的各方鬼魅，只要對阿書起了壞主意，並且近身阿書一公尺之內，讓徽章判定有攻擊行為後，就會把對方給烤得灰飛煙滅，連個渣都不剩。

好一點的，說不定還能保留一絲靈識回去重新修煉；道行差一點的，恐怕就一翻兩瞪眼，魂飛魄散了。

不能不說，水煙的徽章還真是蠻好用的。

但是，壞就壞在那個一公尺判定，根據水煙本人的解釋——總不能無限制範圍的大規模破壞吧？所以他幫阿書設定了一公尺的「安全距離」，頂多讓她被咬一口，就能夠及時脫身了！

絕對不會發生什麼來不及搶救的憾事！他信誓旦旦的說著。

但是水煙如此理性的思考，卻沒有顧及阿書的心理層面，她對於鬼怪幾乎是毫無抵抗能力，每次看到妖怪來襲，她不是一聲不響的暈倒，就是像今晚那樣，得大哭一場，讓雲娘哄睡了才行。

甚至連在睡夢中都還會神經質的發夢囈！

偏偏阿書對於眾生，總有種可怕的吸引力，扣掉那些有靈識的各方領主，一般的小妖小怪對於阿書的執念還是很大。

在他們遠行回來，也只稍微消停了一陣子。水煙本來以為，委外陰差的名頭可以鎮住四方，卻沒料想，蒙著頭想送死的傢伙還是不少！

「噓，你小聲點，阿書睡了。」雲娘搖身一變，從閣樓內走出來，「噯，這樣可怎麼是好？大大阻撓了她修煉的進度啊……」雲娘嘆口氣。

「就跟她說不會有事了。」

俞平雙手抱胸，阿書總不能永遠蝸居在食堂內，天天大門不出、二門不邁吧！但是每次讓她出去買點東西，十次總有九次，像今晚這樣收場，第十次是被雲娘跟在後面的式神扛回來的。

雲娘跟俞平對看一眼，眼中皆是無奈。

這一天，俞平讓阿書拿著掃把，把食堂周圍掃乾淨，雖然不屬於客人用餐的空間，但是街道整齊乾淨，看著總是令人心神舒暢，也能夠少引來一些蟑螂老鼠之類的昆蟲。

沒想到剛掃沒多久，俞平還在備著冬末的早餐，阿書就哇的一聲，大哭衝進來，連式紙都忘記脫，用力的撞上了雲娘的閣樓，撞得小閣樓連滾帶翻，從架上跌了下來。

一向好性子的雲娘也皺眉，她嘆口氣，默默走出來，把她的小閣樓再放高了一點，「冬末，跟你借塊板子用用……」

冬末倒是沒說什麼，叼起自己還沒吃完的盆子，一溜煙就往外竄，阿書的哭聲實在太可怕了。

等到被撞暈的阿書緩緩甦醒過來，她又開始鼻涕、眼淚齊噴，在她抽抽噎噎中，俞平才搞清楚，對面那棟的老宅二樓，竟然搬來了山精一家。

她下午就是在掃地的時候，看著他們抬著家電搬進搬出的，卻沒想到她在好奇心過剩之下，瞪大了眼睛仔細一瞧，卻發現這一家子，從爸爸媽媽到小孩，通通都是山精。

「好可怕！嗚嗚，他們的眼睛綠色的，牙齒尖尖，鼻子還長長的……」能夠邊講話邊噴淚，阿書大概也是絕無僅有的一隻人魂了。

「雲娘，你沒事教她辨形術幹嘛？」俞平頭痛的撫額。

在普通人的眼裡，對面那群山精正常得不得了，還可以上學、上班，徹底的融入人類社會，但是阿書好奇心一上來，竟然在無意間看穿人家的真面目，然後嚇得暈倒，這到底是自作自受還是庸人自擾？

「……也不能這樣說，辨形術是很重要的自保技能。」雲娘訥訥的分辯著。

「那現在怎麼辦？」俞平深深嘆氣，自覺自己雖然不會老，額上的皺紋還是越來越多了，這樣說不定，哪天都可以去跟孫女相認了……

「我不要啦！雲娘妳叫他們搬走！」坐在地上的阿書任性的大哭，她完全不想每天早上醒來，就看到山精們準備出門上班啊，那實在太驚悚了。

「眾生平等。我說過幾次了？」雲娘敲了阿書的頭一記，「妳也是人魂，只是暫居人世。」她不贊同的對阿書搖搖頭。

「哇嗚……但是我會害怕啊……」阿書繼續嚎啕大哭，眾人繼續束手無策。

沒想到過幾天之後，附近的老宅都陸陸續續出租、出售，妖怪鬼魅們似乎爭相來住在食堂附近，只要在這邊繞一圈，就可以發現挨家挨戶都正在搬遷——人類搬出，而眾生帶著家當遷入。

這下可苦了阿書，她幾乎連雲娘的小閣樓也不出來了，成天就是抱著自己的書，躲在她專屬的小房間內瑟瑟發抖。

俞平跟雲娘眼看她這樣，心想不是辦法，只好商量一下，由俞平做個代表，前去詢問一下妖怪鬼魅們的意思——是想把阿書嚇瘋了好下鍋嗎？

他手上帶著一點自己店內的關東煮當作伴手禮，正要踏出門，尋思該找哪一戶「下手」才好，就發現隔壁的老舊店面，也熱熱鬧鬧的重新開張了。

而且這家店面的招牌看著還挺眼熟的，他走了過去，敲敲櫃檯旁的窗戶，老闆娘從窗中探出頭來，巧笑倩兮，「唷！小哥是你啊～要進來坐坐嗎？」對方眨了眨眼睛，風情萬種。

俞平一身的雞皮疙瘩，全都在一秒內集體往上竄，他咳了一聲，「妳的二手書店怎麼搬家了？」原來當初替阿書找來《四國戰記》的狐妖老闆娘，也搬來食堂的隔壁了。

狐妖老闆娘掩嘴輕笑，姿態秀雅端莊，模樣卻跟雲娘的自持拘謹完全不同，她嫵媚的樣子能讓天底下的男人為之瘋狂，可惜眼前的男人不為所動。

「這麼說來，小哥還不知道囉？」

老闆娘把耳邊的髮梢一勾，露出長長的耳朵，柔軟的搖曳生姿，俞平吃了一驚，果然他當初的直覺很準，這老闆娘也不是人類！

「你們這啊，成了妖怪避難所囉！」老闆娘背後的大尾巴蓬鬆的翹起，將長裙掀開了一個高度，左搖右擺。

「什麼意思？」俞平看著傾身向前的老闆娘，悄悄退後三步，目光定在老闆娘臉上，絲毫不敢往下看。

「你上次帶來店內的人魂，聽說擁有消滅妖靈的大法寶，所以我們這些貪生怕死的小妖小怪，就急急的趕來這裡占位置了。」

老闆娘又傾身了幾度，胸前大片的春光呼之欲出，潔白的胳臂飄出騷動的香氣。

「……這是謠言。」俞平乾脆看向天空。

「是嗎？」老闆娘輕笑出聲，伸出手指，搔刮了一下俞平的臉頰，毫不意外看見對方皺著眉，倒退一大步的模樣，「可是有人……親眼看見，那個人魂，收拾了百年的倀鬼呢！」

「那是因為那隻倀鬼想吃了阿書！」俞平難得氣急敗壞。

狐妖老闆娘站了起來，手攀在窗沿，「那就對囉！不管怎麼樣，我的名字是胡藥湘，小哥你可要記好唷！」她笑著關上了窗戶。

「……胡藥湘？」俞平愣了一下，只能走回店裡，把探聽來的消息一五一十的跟雲娘說，看能不能商量出什麼好辦法來，不然謠言繼續這樣傳播下去，他們這個區塊，不就真的成了妖怪共和國了？

更重要的是，阿書成天暈倒兼哭哭啼啼的，他們都要心煩死了！

不過在他們想破腦袋之前，事情就有了轉機。

胡藥湘家養的四隻小狐狸，因為書店就在食堂隔壁的關係，而且胡藥湘並不善廚藝，只好讓她們常常上食堂蹭飯吃。

又因為她們化為人身，都是可人的少女模樣，妖怪的型態也是四隻火紅的大狐狸，阿書之前就見過的，所以並不怎麼害怕。

有了這四隻小狐狸如影隨形的陪伴，阿書總算短暫的克服了妖怪恐懼症，至少在面目親切的眾生面前，已經可以談笑自如，也在迎春、迎夏、迎秋、迎冬的陪伴之下，願意邁出家門，偶爾幫俞平跑跑腿什麼的。

只是五個嬌豔少女一齊出門，說真的，可比得上一場小型災難，阿書其實只算得上清秀水靈而已，但是那四隻狐狸，一個比一個嬌豔！

不說她們本來就是魅惑能力最強的狐族，她們四個不長進，又通通把低下的修為拿來臉上妝點，氣得胡藥湘好幾次都破口大罵。

所以每次她們出門，都會引起一些騷動，外邊的愛慕者，簡直快排到天邊去了！

幸好小狐狸們還有點自覺，總是帶著阿書左繞右拐，確定沒人跟在後頭，才會回到食堂來，不然引起了哪個倒楣人類的戀愛慾望，阻礙她們的修行之路，那她們可就準被胡藥湘油炸下鍋！

不過因為阿書有徽章護身，本來擔心四小狐狸會被抓去當妖寵的胡藥湘，也在睜一隻眼閉一隻眼的狀態下，讓她們陪著阿書逛大街，熱鬧熱鬧。

最後連俞平都投降認輸，這個小區只有他這一家食堂，每到晚飯時間，妖怪們乾脆呼朋引伴，一起上關東煮食堂吃飯！

現在關東煮食堂的菜單可多了，長長一串列出來可比阿嬤的裹腳布要長！通通都是妖怪們自行點菜的結果，什麼咖哩飯配竹輪、豬肝湯配魷魚、生魚片配紅豆湯！不論正常與否，應有盡有。

託這一大群妖怪的福氣，關東煮食堂的生意蒸蒸日上，連外地的妖怪旅行路過，都得來這裡朝聖一下，見見傳說中可以打敗神仙的人魂（當然是謠言），以及在食堂內點一道自己的家鄉菜！（管他菜單上有沒有）

在關東煮食堂的周圍小區，形成一片祥和安樂的氣氛，始作俑者阿書本人，都沒有料想到，安居樂業這件事情，對妖怪們來說，也是這麼重要的！

「反正只要不吃阿書，就可以過上平靜有飯吃的日子，這樣哪裡不好？」

妖怪們間有一句名言就是這樣流傳的！他們知足常樂，不妄想當妖仙，只想百年的日子平靜到頭，不要被大妖怪抓去滋補一番就好了！

食堂的隔壁老宅，掛起了嶄新的招牌，上面大大寫著《古月二手書店》，推開了門口的玻璃門，上面的風鈴清脆作響。

秋天的風輕輕吹起，裡頭的幾隻狐狸瞇細了眼睛，窩在和室地板上頭，伸出爪子抱著坐墊打盹，午後的陽光曬得人渾身發軟，連狐狸也不例外的昏昏欲睡。

「妳們給我像樣點！幾天沒修煉了？」胡藥湘雙手扠腰，故作凶狠的站在櫃檯裡罵。

「胡姊姊，我們這不就來了？」狐狸們伸了伸懶腰，往右打滾，一名嬌嫩模樣的少女，轉眼就躺在窗邊，她支起身子來，神情嬌憨，眼神卻靈動萬分。

「迎夏！就你最調皮！」胡藥湘招了招她們，四個少女分別幻為人形，賴到了胡藥湘的身邊，不斷撒嬌著，「我們不要修煉啦！好無聊又好累……」

少女們玩鬧的心性本來就重，怎堪苦悶疲憊的修煉？

紛紛跟胡藥湘求饒，不過這也不是第一次了，胡藥湘板起了臉，嚴肅的說著，「不修煉？要一輩子當妖怪啊？」

迎春憨笑著，「好啊好啊！跟胡姊姊一樣永遠當狐妖！」她眼神澄澈，開心的拍手叫好，還不斷往胡藥湘懷裡鑽，是四小狐當中，性格最憨直的。

胡藥湘聽見迎春這話，眼神卻黯了黯，直到看到迎夏扯了扯迎春的胳膊，她才反應過來，「沒事，聽話，都去修煉吧！」

四小狐眼見迎春說錯了話，乖乖轉頭，打算回到胡藥湘為她們所闢的空間內，靜心修煉，以求早一日擺脫妖身，能早日成仙。

這時忽然一道破空聲傳來，從沒掩上的窗戶內鑽入室內，一支火紅的羽毛飛入胡藥湘手裡，上頭隱隱泛著雷電般的光芒。

胡藥湘一握住手裡的羽毛，感應了片刻，臉色立刻由白轉青，連腳都軟了幾分，她失聲喊著，「快走！你們快走！」她扶住了櫃檯，勉強自己定定神，「青彌生來了！」

四小狐臉色齊變，鎮定一點的迎秋還能抖著唇瓣問胡藥湘，「青彌生來這裡做什麼？該不會是要抓我們的吧？」

她們四個是四胞胎，在一孕一胎的狐妖種族裡頭，可以說是一個罕見奇蹟，但也是因為這個奇蹟，讓她們的母親才分娩完四隻小狐狸，一時氣力用盡，連抱她們的機會都沒有，就香消玉殞了。

她們輾轉來到胡藥湘這裡，讓她教授一切狐妖應有的知識與技能，平安的成長至今，雖說如此，她們也是長年不斷搬遷，就為了躲避各方想收藏她們四胞胎的大妖與高人等等。

胡藥湘已經鎮定下來，臉色雖然發白，但還算能握緊了四小狐的手，「不是，青彌生應該是為了阿書而來，他想要那個稀有的人魂。」

一聽見是為了阿書，四小狐不依了，紛紛吵鬧著想前往食堂，異口同聲的說，「我們要帶阿書一起走！不能把她丟在這裡！」

這五個女娃，這陣子朝夕相伴，已經有了感情，雖然不比四胞胎當中的心領神會，但是阿書就像是她們的妹妹一樣，說什麼都不能讓給青彌生。

「不要胡鬧了！」胡藥湘的嗓音拔尖喊，染上哭音，「聽胡姊姊的話，妳們先走！我去幫妳們帶阿書，知道要去哪裡等姊姊吧？」

四小狐對看一眼，她們都沒有見過胡藥湘這麼慌張的模樣。

「好，那我們先過去等胡姊姊了。」四個女娃不敢在這時候違背胡藥湘，同聲回答，一翻身落地又是四隻火紅狐狸的模樣，妖怪的原型才是她們能夠全速奔跑的狀態。

「去吧！」胡藥湘閉了閉眼，再睜開的時候，已經不見四小狐的蹤跡，她走到窗邊，涼爽的天氣卻忽然下起了雨，細雨紛飛，滿天烏雲籠罩。

她牙一咬，撩起長裙，也不撐傘了，三步併作兩步走到了食堂門口，正值下午時分，俞平跟阿書都在店內準備晚上開店的食材，正在切切洗洗，她呼出了好大一口氣，幸好來得及！

「小哥！聽我說，你們快走。」

她張嘴就喊，要俞平帶著阿書快逃，看著她們茫然的樣子，她只得又張口急急敘述，「青彌生來了！他想要阿書，你快帶阿書走！」

俞平不明所以，放下手上的蘿蔔，「青彌生是誰？」

胡藥湘還來不及回話，脖子就被緊緊掐住，掐得她第一次現出完整的原形，三條蓬鬆的尾巴，軟弱的垂在身後。

「嗯？似乎你們剛好聊到我呢！」她背後一個男子，低聲說著，朗朗的笑聲，卻令人的心如墜冰窖。

他一抬手，俞平的臉色就變了，阿書也隨之尖叫起來，因為他們都看見了青彌生手上的東西。

他提著一顆人頭，那是水煙的頭。

熟悉的臉孔，緊閉著雙眼，平整的切面從脖子以下消失，在場所有的人都被震懾住了，臉色慘白一片。

青彌生那生得極好的臉孔，沁出桃花般的紅暈，「來者是客，不好好招呼我嗎？我還帶了禮物呢。」

他拽了拽水煙的髮，頭顱上下擺動，一絲生氣皆無。

「這傢伙雖是陰差，卻三天兩頭往這裡鑽，對你們來說，是個很重要的人吧？」青彌生趨前一步，「我把他當作禮物帶上門來，想必這誠意是極夠的，來個能說上話的人吧！我可沒太多時間。」

青彌生笑笑，一臉桃紅。

——待續

◎更多精彩的故事內容，敬請等待九月《歲時卷之陰陽關東煮 下》。

番外　食材的重量

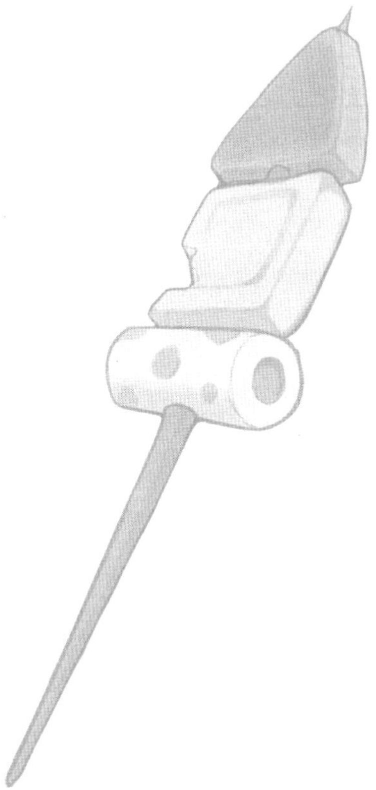

夜深人靜，萬籟俱寂。

阿書偷偷爬起來，打著哈欠，離開了溫暖的床鋪，走出雲娘特地為她布置的小房間，她赤足下了地，打了個哆嗦，一個人從小閣樓內鑽了出來，落地附在式紙上頭，穿戴了起來。

悄悄開了爐火，手上抓著一隻螃蟹，左瞧右看。

夜很深了，雲娘微微睜開了眼睛，搖著頭笑，像她這樣的大妖，已經不太需要睡眠，方圓十里只要有些許動靜，她都會立刻知道，但她沒出聲喚阿書，而是又閉上了眼睛，沉入冥想。

阿書自顧自的開了爐子，按照俞平白日所教，一個步驟一個步驟的嘗試做著，她知道自己在料理上頭，相當沒有天賦。

但是怎麼樣都不想讓俞平失望。

阿書嘟著嘴搖頭，就算自己沒有天分，可是大叔總是不厭其煩的，一遍又一遍示範，還做了蒸蛋給阿嬤……明明自己惹了很多麻煩，卻還是沒開口說過一次，要自己離開食堂。

阿書很清楚，這些日子以來，她造成了食堂跟俞平多大的麻煩。

雖然……這種體質也不是自己要的。但在阿書的廚藝學得一塌糊塗，把食堂搞得雞飛狗跳時，她其實比誰都焦急，那種恨不得快點變成有用的人的想法，一直在她內心撓著撓著。

她刀法雖笨拙，卻細心的切著薑絲，灑在爐中，覆蓋在螃蟹上頭，再倒入調配了好一會兒的醬汁、醋、白乾，不斷翻閱自己的筆記，卻越看越心慌，最後只得蓋上鍋蓋，深深嘆一口氣，「怎麼這麼難啊……」

「大叔說過，每一隻螃蟹都不同，但是我怎麼看，就是螃蟹而已啊！」她拿著筷子，戳戳螃蟹的殼，唉聲嘆氣，試圖回想自己的後媽總是如何下廚的……

但是後媽做菜的時候，自己在哪裡呢？

阿書望著眼前的跳躍的爐火，沉入了自己的思緒，那屬於她自己，其實並不快樂的過去回憶。

阿書沒見過自己的親生母親。

她的親生母親，在很年輕的時候就有了阿書，不知道能不能說是負責任，阿書的母親的確把她生下來了，讓她來到這個繁華的人世間。

可是她後悔了，面對著才剛出生三天，只會哇哇大哭跟討奶的阿書，後悔自己為什麼要這麼年輕，就被一個嬰兒跟婚姻綁住？

因此她將仍是嬰兒的親生女兒留給男方，獨自遠走高飛，阿書對自己親生母親，可以說完全沒有印象。也因為這樣，阿書被忙於事業的爸爸丟到了雲林，來到了阿嬤的身邊。

一直到她上小學二年級的時候，她的爸爸在臺南市區又重新娶了一個妻子，才幫她辦了轉學，把阿書接過去，一家團圓。

但是一家團圓，是她爸爸的想像，卻不是真實的狀況。

阿書的後母年紀其實很小，甚至她自己也有一個新生的幼兒，並沒有辦法好好照顧阿書，甚至是故意忽略阿書，讓她幾乎自生自滅的活著。

而阿書的爸爸卻在接了阿書回來之後，就遠赴大陸，迎接他事業的高峰、人生的另一個高點！所以對這一切一點都不知情。

或許他知情，但是他又能怎麼樣呢？總不能為了家庭放棄事業吧？

其實如果能夠這樣相安無事，阿書是不太在乎的，她不想去探究「阿姨」愛不愛自己這種問題，小孩子的心靈總是很敏銳，她很快地就察覺阿姨並不喜歡她，她並不是阿姨的小孩。

但是阿書有書，她有很多的書。都是阿嬤跟爸爸買給她的。

小小年紀的她，功課沒有特別好，卻喜歡在書店待到很晚，然後存下自己的早餐錢，飢腸轆轆的買下一本又一本的書，再小心翼翼的藏在自己的床底下，因為弟弟會撕壞她的書。

但是阿姨不會怪弟弟，只會怪她自己不收好。

歲月是仁慈的，這樣的生活，阿書也是一晃眼的就過了三年。只是再如何小心翼翼的關係，終有撕毀的一天。

小學五年級的那一年，阿書在暑假的時候，跟弟弟兩個人獨自待在家，阿姨雖然不喜歡她，卻因為有要緊的事情得出門一趟，臨時交代她好好照顧弟弟，還難能可貴的給了她五十元。

但是阿書沒有做到，她偷偷的跑了出去。

那一天，是她很喜歡的一套漫畫續集上市的日子，她老早就記在心頭很久，她本來要跟阿姨說的，但是面對阿姨凶狠的目光，她只能把話吞回肚子裡。

所以阿姨前腳才剛出去辦事，阿書就立刻掩上大門，奔向學校附近的連鎖書店。只留弟弟一個人在房間咿咿呀呀地爬著。

阿書其實心裡想，自己一買了那套漫畫，就趕快回家看弟弟，但是她在結帳之後，不小心翻開了一頁，整個人都被劇情吸引住了，她坐在書店門口旁的白色椅子上，目不轉睛的看完了整本漫畫。

等她回過神來，天色已經昏暗了。

完蛋了！阿姨一定很生氣！阿書捏緊了手上的漫畫書，小心翼翼的塞進褲子跟上衣的縫隙，如果不藏好的話，一定會被打的，她幼小的身軀在街道上狂奔。

但是回家之後，家裡卻一個人都沒有，連弟弟都不見了！她不知道該怎麼辦，弟弟還只會爬，不可能跑出去外邊，應該是阿姨回來把弟弟帶走了吧？

雖然她這樣想著，但是她還是獨自一個人在客廳等著，直到過了晚飯時間、過了上床時間，都沒有人回來。

一直到阿書睏極，一個人坐在沙發上打著瞌睡。才等到怒氣沖沖的爸爸，爸爸一衝進來，就甩了阿書一巴掌，清脆的聲響，重重的打在阿書臉上，打得阿書暈頭轉向，小臉撲向了地板。

「叫妳顧弟弟妳跑去哪裡！」爸爸把她抓起來搖晃，讓阿書頭暈得幾乎想吐。「妳這個壞小孩！果然妳阿姨平常說的都是真的！」

阿書什麼話都說不出來，嚇得連眼淚都還來不及掉，又被長年見不到幾次面的爸爸往地板一摔，一下巴的血，她的下顎撞上了阿嬤給的玉珮，狠狠割裂了一條溝。

但是爸爸沒有任何反應，只自顧自的走向臥室，收拾了幾件要緊的衣服，就去醫院照顧弟弟了。

他放著阿書獨自一人在家三天，直到他們夫妻倆，抱著出院的弟弟回來，從此再也沒給過她一次好臉色。

因為阿書的疏忽，放著弟弟一個人在家，所以弟弟撿拾了掉落在地上的鈕釦，放到嘴裡，沒想到他一吞下去，幾乎是昏了過去，差點沒噎死！幸好阿姨回來的早，緊急把弟弟送醫。

但是因為這件事情之後，阿姨越發的討厭阿書了，從本來的冷落對待，變成一有不順心就拳打腳踢，幼小的阿書一直到上高中之前，都是阿姨的出氣包。

一個舉動不對、一個目光走神，都會惹來阿姨的一陣暴怒，趁機把老公不在身邊的怨氣，發洩在她身上，雖然這些打罵不至於把阿書打死，也沒送進急診室過，但是呼巴掌、擰大腿、抓頭髮什麼的，對阿書來說都是家常便飯。

而這些事情，遠在大陸的阿書爸爸都是知道的，但是他聽信阿姨的話，阿書是壞孩子，小時候就會想弄死弟弟，長大更必須嚴加管教！

最後阿書只能更加沉迷在書中的世界了，對她來說，那就是逃避一切痛苦的方式，只要在書中，就沒有人可以傷害她。

小小年紀的她，就學會如何不面對殘忍的現實。

她把自己的心靈關在一本又一本的書籍之後，築起了冷漠的高牆，成為一個怯懦的小女孩。

一直到阿書上高中之後，她的班導看見她身上不尋常的瘀青，親自登門拜訪了一次，軟硬兼施，威脅的話都說盡了，才讓阿書的阿姨停止這長年的虐待，並且正常的給予阿書應該有的生活費。

但是阿書卻在高一的那年，因為圖書館的火災事故，而讓一場大火帶走了她芳華正盛的人生，這件事情還讓她的導師唏噓不已。

「討厭，不管怎麼想，都想不起阿姨怎麼下廚的啊……」阿書緊緊抓著鍋蓋，臉上的淚水洶湧，這一段回憶，是她一直深深藏在心中的記憶。

「我是不是一個沒用的人……」因為這樣一直想著，所以阿書沒有任何的怨恨，她一直以為，是自己沒有用處，連弟弟都照顧不好，才會被阿姨討厭。她的特殊體質，是來自於這麼悲慘的童年，不是她天性樂觀，而是阿書一直覺得，她一定做錯了什麼事情。

才會沒有人喜歡自己，才會這麼年輕就要離開世界。

這時候，她顫抖的手，輕輕覆上了一雙柔荑，耳畔傳來溫柔的聲音。

「不是哦，我們家阿書好聰明的。」雲娘對著她笑，眉眼漾著笑意，「我說的是實話，妳是我看過這千年來，對於符咒術法，最有能耐的人了。」

阿書抬頭，無聲的哭泣著，她在黑暗中的食堂內，只偷偷摸摸的扭開了一小盞燈，為什麼雲娘還是會發現呢？

她撲向了雲娘的懷抱，「可是人家什麼都做不好！大叔都說我是笨蛋了……」

雲娘一下又一下的拍著阿書的背，這孩子果然還沒長大啊，急切的尋求別人的認同，卻把內在的自我縮到這麼小，小到連怨恨跟不甘都不敢有。

「來，聽雲娘說。妳師傅可是很疼妳的喔。」她掩著嘴笑，「只是高明的師傅，不一定能教出高明的徒弟……」雲娘拿起籃子內的兩隻螃蟹，「想像一下，清蒸之後的滋味。」

「……吃掉的時候的滋味嗎？」阿書愣愣重覆。

雲娘又牽起她的手，手指摩挲著螃蟹的腹部，「感覺到了嗎？食材的重量，對於滋養我們身心的牠們，要致上最崇高的敬意。」

阿書的指尖繞著螃蟹打轉，腦海中逐漸浮現一道道螃蟹料理上桌的模樣，忽然她雙手合十，低聲對著螃蟹禱念，「謝謝你們，滋養我每一天的身心，因為有你們，我才可以健健康康的長大……」

雲娘摸摸阿書的頭，這孩子開竅了。

俞平還沒讓阿書建立起對食材的敬意，就先嚴格的規範她各種料理的手法，幾乎讓阿書畏懼了下廚這一件事情，也無法聯想到完成料理之後的美好滋味……

難怪阿書要哭得稀哩嘩啦了。

但是只要懷抱著對食材的敬意，想像著入口時每一口的美好滋味，就能夠做出很好吃的菜色哦。也唯有這樣，才能理解俞平老是掛在嘴邊的話——廚師是能夠撫慰人心的職業呀……

雲娘看著眼前興高采烈準備各種佐料，準備大顯身手的阿書，愉快的輕輕笑了。

外頭月色晃漾，食堂裡傳出了溫暖的香氣。

今夜，這陣香氣，一直飄了好遠好遠。

——番外 食材的重量 完

番外　上色的記憶

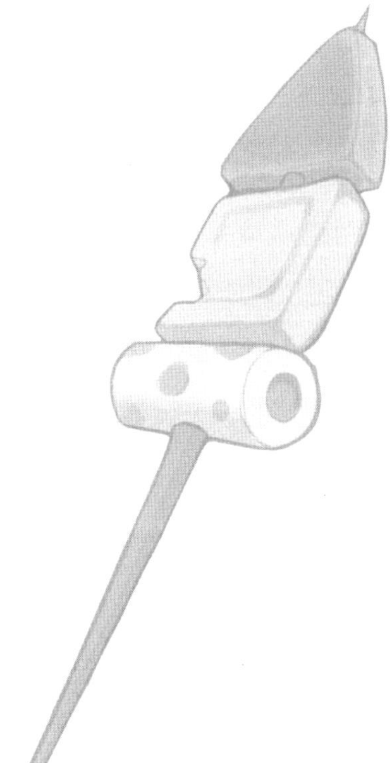

前一刻那車水馬龍的聲音，還猶在耳邊，卻在進了這一扇紅門之後，一切消停了。

胡藥湘舉步往前走，屋簷上左右兩側的燈籠青紫的火焰，自動墜入石板地面，一轉身便是荳蔻少女，向來客彎了個腰，一臉笑意。

胡藥湘攬了攬頭髮，也是見慣大風大浪的人了，不過是些式神罷了。

她神色不變，被引著往前走，穿過小橋流水，空氣中瀰漫著桃花香，算算時節，不過二月，何來盛開的桃花？

不過這裡可是「青樓」，沒有什麼事情不可能。

她一路上跟著少女走，一直到偌大的蓮花池畔，少女轉了個圈，嘻笑：「胡姐姐，要來點乾果嗎？」聲音清脆，落入耳中，彷彿珍珠墜入瓷盤裡。

胡藥湘擺擺手，少女們相視一笑，向上一個翻騰，屋上的燈籠又點著了。

青樓內的光線明暗，都隨著時間流轉，可就算是白日，也是煙霧蔓延，朦朧一片，因此屋簷上的青紫火焰左右搖曳，看著煞是漂亮。

等了些許時分，胡藥湘沒有顯出不耐，甚至幾乎看這些蓮花看得出神了。

這是青樓的留園，她也曾經待過一陣子，在那樣的歲月……她正陷入回憶，耳邊卻傳來一陣笑聲，她皺眉驚醒，遠眺而去，在池畔的另一邊，一群酒客正攬著歌妓，飲酒狂歡。

酒客左右搖擺，姿態張揚，歌妓婉轉承歡，面容歡快。

胡藥湘撇過了頭，冷冷朝上說了一句，「你們家主子再不出來，我可要走人了。」

燈籠內的火焰抖了一下，嘶一聲的滅了右半盞，過不了多久，後方的腳步聲緩緩傳來，人未至，聲先到，低柔的嗓音傳至胡藥湘耳邊，「這麼多年了，妳還是看不慣這些。」

胡藥湘回頭，倚在欄杆上，皺著眉頭，回了來人的話，「青白姐，我就不愛看。」

「死丫頭，當年誰收留妳的？」

青白向前走來，她一身艷紅的裙裝，臉蛋白皙，不施一點脂粉，卻仍瞧不出確切年紀，彷彿二十多，又沒有少女的天真無邪，一頭滑溜的黑髮散在肩膀上，似乎才剛醒來。

她怒瞪胡藥湘一眼，「這些破事難道我一個人不做，這世間就不存了嗎？好歹我正正經經，只收狐族，我可不收什麼落難花妖、草妖，免得事到臨頭，才來跟我哭哭啼啼。」

「狐族也不是天性都這樣。」胡藥湘硬著脾氣頂了一句，氣得青白瞪大了眼睛。

「妳還敢說，就妳違背天性！」

青白插著腰怒罵，「哪個狐族不是風流成性，我們男男女女就靠這臉皮採陰補陽、採陽補陰，妳精氣都不吸一口，難道真真吸取日月精華，可以讓妳打贏那些老禿驢、賊道士？」

胡藥湘被說得噎了一下，她道行確實低下，就一手獨門技藝，能夠獨步三界，除此之外，碰上了什麼高人、大妖，還是得跑得不見人影，不像青白還有一棟青樓，名符其實的青樓。

她不再回嘴了，只悶悶說了一句，「總之，妳知道我見不得。」

眼見她示軟，青白也不是狠心的主，揮揮手，讓整個小亭的竹簾降了下來，別小看這幾片竹簾，可是精心刻製的結界器物，一降下來，能阻外邊動靜與聲響，連絲光線都透不進來。

青白長嘆一口氣，看著眼前托著腮幫子的胡藥湘，明明年紀就比自己還小，那張臉皮卻年年憔悴了下去，還喚自己一聲青白姐，看著卻比自己還大上許多了。

狐狸嘛，不就靠這採補之術，才能青春永駐。

偏偏這死丫頭，初初動了情，就死了心。

當時年紀還稚嫩的她，第一次動情，就愛上族內有名的美男子，結果三言兩語就讓對方拐得暈頭轉向，不過這也沒什麼，狐族本性如此，大家見怪不怪。

誰知道一夜風流後，胡藥湘一開口卻是驚人之語，「你、你、你什麼時候上我家提親？」

美男子嚇得掉下床，「我、我、我咋時說要娶妳了？」一個口吃是緊張，一個卻是驚嚇。美男子連鞋襪都忘了穿，飛也似的逃了。

胡藥湘一路哭喪似的回到家，才半天就傳得沸沸揚揚，狐族不敢置信，族內竟有這般情種，還特意繞過去看一看，結果當時胡藥湘年紀小、臉皮薄，差點抹了脖子，一吊屋簷了事。

剛好回到族裡一趟的青白，正巧路過，隨手救了胡藥湘，還帶她回青樓，好生養了一陣子，胡藥湘卻嫌這裡住不慣，早早離去，獨自住進凡人的城市裡，自個開了間二手書店。

不過雖說住不慣，仍然隔三差五，會回來看一看青白。

青白想到這裡，忍不住心又軟，她坐了過去，拉過胡藥湘的手，擺在自己手心中左右搓揉，她當年就這樣牽著這孩子的手，一步一步走出來，教她入世的規矩、教她怎麼看見汙穢卻不閉上眼睛、教她不要再動心，世界上沒有好男人。

「最近好不好？聽說妳搬家了。」青白隨意轉了一個話題，引開胡藥湘的心思，她看了一眼屋簷上的燈籠，自動又熄了半盞，沒一會兒，少女踮著腳尖走過來，往桌上擺了一些嗑牙的乾果。

「還好。」胡藥湘抬起頭來，也沒什麼好傷感的，跟自己的青白姐鬥氣什麼？她拿起桌上的核桃，邊咬著殼邊回話，「換了一個社區住，挺多妖怪的。」

「哦？」青白姐一時來了興趣，「妳身邊不是還帶著四隻毛沒長齊的小狐狸，怎麼會住到妖怪窩去？不怕……」

那四胞胎狐狸可稀奇了，一胎竟有四隻，千年難得一見，連族裡也是怕養著生事，才會輾轉透過自己，最後交到胡藥湘手上，也因為這樣，胡藥湘一向隱隱於市集，不太跟同類來往。

「沒事。都是些小妖、小怪，大家也是想求個平安，才會住到一塊去。」胡藥湘倒了杯茶，慢慢說給青白聽。

每每過上一陣子，她就會回到這裡，把這些尋常小事情說給青白聽。

她自己也不清楚為什麼，明明不喜歡這個地方，青白也說過她們姊妹敘舊可以約在外頭，她卻還是年年過來，彷彿想提醒自己什麼事情一樣。

兩人叨叨絮絮說了很多，一直到外頭天色都暗了，青白才放胡藥湘走，她跨過那扇紅大門，外頭還是一如往常的人聲雜沓，她信步往前走，不想招車，就在夜色中慢慢走回去。

沿著紅磚牆，一處民宅的九重葛長得茂盛，不懼寒日，兀自往外張揚著枝枒，她一個狐妖倒是縮著手在袖口內，一個人慢慢走著。

每每回去青樓，總想起很多事情，她盡力不受影響，卻不知道這輩子都早受了影響，她跨著步伐，滿腦子紛沓的思緒，不自覺走了好長一段，等到她驚醒，已經站在食堂門口了。

夜，很深了。

一身的露水。

她不作聲的走進去，撿了一個料理臺前的位置，俞平縮在裡頭的位置打瞌睡，抱著那隻老囂張過頭的貓，一人一貓此起彼落的點頭。

她托著下巴，痴痴望著俞平的臉孔，今天跟青白姐敘舊的時候，她故意沒說俞平的事情，只說了社區的一些尋常事，但青白姐也不是傻子，似笑非笑的看著她，臨走前，送她出大門，還捏著她掌心，要她別再傻裡傻氣。

呵，傻裡傻氣。

在青白姐的眼裡，她就是一個當年想抹脖子的小丫頭。都這麼多年了，早遺忘了那人的面容，只記得那種不堪與巨大的錯愕。她也老是想，自己是不是選錯了出身，不過又不是人魂，還有個大道輪迴，妖界就是自生自死，怎麼來、怎麼去，這樣罷了。

她輕笑出聲，俞平猛然驚醒，看著忽然出現在店內的胡藥湘瞪大了眼睛，好幾秒後才反應過來，聲音沙啞地開口，「怎麼會來？妳要吃點什麼嗎？」

胡藥湘看著俞平剛醒來傻乎乎的樣子，沒什麼防備，就這麼真實，她不自覺的點點頭，「想喝點熱湯。」

「好。」

俞平小心翼翼地，把懷中胖乎乎的冬末捧到一旁的軟墊子，牠立刻蜷曲成一圈，用前腳掌遮住了光線，不耐的扭扭，卻沒睜開眼睛。

俞平切了幾塊蘿蔔，放入關東煮的高湯中，撒些柴魚跟昆布，專心的攪拌著湯鍋，一下又一下，爐火開了，熱氣緩緩飄散，熏霧了食堂的窗戶。

「你還想你妻子嗎？」

一片沉默中，胡藥湘忽然問了個很奇怪的問題。

俞平挑了挑眉，手下的動作沒停，又切了幾個竹輪下去，燙了一些蔬菜捲，好半晌才開口回答，「想，怎麼不想。」

「真的嗎？都那麼多年了。」

「再久，也一樣。」

「呵……人類真有趣。」

「別說得妳不是人類的樣子。」

「我本來就不是。」胡藥湘瞪了一眼，又笑了，身後的尾巴高高揚起，左右擺著，掀起了一些裙襬。「你看過長尾巴的人類嗎？」

「眾生，跟人類，沒有什麼差別。」俞平就著湯勺，喝了一口湯，慢條斯理地回答，看也不看胡藥湘壓在檯上的那波濤洶湧的前襟。

「呵……為什麼會記著一個人那麼多年？」

「因為記憶。」

因為記憶中的妳，一直是那樣的鮮明，就算像是膠捲的照片一樣，慢慢失去了顏色，但我的思念，卻又像是畫筆，一筆一筆往上添加。

俞平的腦海裡流轉著過去的回憶，其實記憶很微妙，有時候像是潮水一般，一襲捲上來，那種洶湧的感覺，幾乎能讓人窒息。

但有時候，卻像是石縫中的水流一樣，一點一點的滲透，只要輕輕掬起一掌的水，就可以在水光倒影中看見思念中那人的模樣。

「那你記得我好不好？」忽然，胡藥湘脫口而出了一句話。

「嗯？」

「……我也好想被一個人記著，一直一直記著。我不要太多的位置，只要一點點的空間，能夠記得我的模樣就好了。」胡藥湘越說越小聲，緊抓著自己的裙襬，微微低下了頭。

她低聲說著，彷彿只有自己能聽見。「……拒絕的話，也沒關係，狐族都是這樣的，記不得誰、沒有回憶、也沒有過去……」

「好。」俞平雙眼看著胡藥湘。

胡藥湘猛然抬起頭來，不敢置信。

「真的可以嗎？」

「嗯。」

很少露出笑臉的俞平，勾了勾唇角，今天的胡藥湘不知道上哪去了，很明顯地不太對勁，但是如果只是記得一個人的話，這種承諾他還做得到。

「先把這碗關東煮吃完吧。」

「……嗯。」

胡藥湘拿起湯杓，一口一口地喝著熱湯，在她心底，屬於那些年的悲傷與不堪，似乎一點一點被洗清了，原本那些以為會很難忘卻的事情，卻因為這樣一個簡單的承諾，而逐漸散去。

她不追求永恆，她只希望有一個人記住自己。

胡藥湘哽著喉頭，悶聲說，「俞平，你不要在湯裡放什麼東西。」

「身為一個合格的廚師，才不會在料理裡，放入破壞味覺的東西。」俞平真的笑了，也坐下來，看著低著頭喝湯的胡藥湘。

每個人喝湯的滋味都不同，是因為自己給自己添加了什麼啊……

呵……

——番外　上色的記憶　完

後記

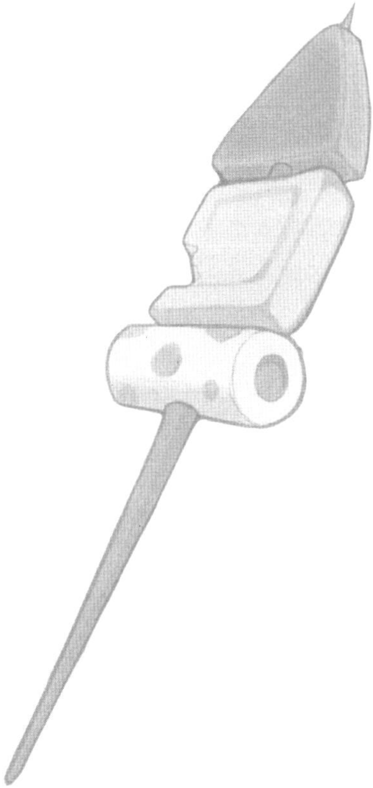

我一直覺得我是個過分幸運的人。

當初要投稿之前，我非常緊張，還許了願望，要把稿費捐一些給世界展望會（笑）。

因為《陰陽關東煮》是我第一次嘗試以不同人物開創不同視角的長篇小說，整個系列將會延續三個交互流轉的歲月，有三組主角喔，剛好符合系列名稱——歲時卷。

而這本上冊只是一個開端，我希望能夠花一些篇幅、一些時間，好好敘述我腦海中的三界六道，將這個悲傷與快樂並存的世界，展現在你們眼前。

一開始，我在 PTT 的 Marvel 版寫陰陽關東煮（原名：關東煮食堂），寫到第四章左右被推爆了，其實我很不可置信，那時的我都還在想，我是不是可以將這個故事完整的敘述完。

一直、一直到定稿送印前夕，我都還在想這個故事是不是「夠好了」。是不是夠資格站在你們的面前，帶給你們一些什麼觸動，當然，寫這篇後記的現在，我還是沒有辦法給我自己一個肯定的答案。

但我想，當這個故事以這種我所驕傲的姿態展現在你們面前，就代表我做完了所有我該做的事情，接下來，我就把這個故事交給你們了。

交給你們了。

有任何的隻字片語，請至 https://www.facebook.com/elf1020 告訴我。

逢時

四、注意事項：

★ 投稿者之作品須有完整版權，繁簡體實體書出版權及電子書版權。
★ 請勿一稿多投。
★ 投稿作品如有涉及抄襲、剽竊等情事・無條件立即終止合約並針對出版社損害於予追究。

【輕小說畫者募集中】

三日月書版徵求各種不同風格的畫者，請踴躍提供參考作品及聯絡方式，
審核通過後我們將與立即與您聯絡。

一、投稿插圖檔案格式：

★ 投稿格式。
1. jpg檔案，解析度72dpi，圖片大小像素800X600。（請勿過大或者太小）
2. 來稿附件請至少具備五張彩稿及三張黑白稿或Q版圖片
3. 請投電子稿件，不收手繪原稿。
4. 請在電子郵件中以「附加檔案」的方式將作品寄送過來，切勿使用網址連結。
5. 投稿作品請使用不同構圖之作品，黑白部分請勿僅以同樣彩色構圖轉灰階投稿，來稿請以近期作品為佳，整體構圖需有完整背景與主題人物。

二、投稿信箱： **mikazuki@gobooks.com.tw**

★ 電子郵件標題：「繪圖投稿：(筆名)」。
★ 真實姓名、聯絡信箱、電話及畫者的個人基本資料，若無完整資料，恕不受理。
★ 收到投稿後，編輯會回覆一封小短信告知，如3天內未收到編輯的回覆，請再進行確認唷。
★ **審稿期為15～20個工作天。**

涼夏三日月LUNA陪你放暑假
三日月書輕小徵稿

你喜歡輕小說，光看不過癮還想投筆振書嗎？
你自認是有才又多產的寫作高手，卻一年又一年錯過多到讓人眼花的新人大賞資訊，
找不到發揮的空間跟管道嗎?
沒關係，不用再搥胸頓足、含淚咬手巾地等到下一年

三日月書版輕小說，常態性徵稿活動即日開始囉！

【輕小說稿件募集中】

一、徵稿內容：

★ 以中文撰寫，符合輕小說定義之原創長篇輕小說。

★ 撰稿：題材與背景設定不拘，以冒險、奇幻、幻想、浪漫青春、懸疑推理等風格為主，文風以「輕鬆、有趣、創意」，避免過度「沉重、血腥、暴力、情色及悲劇走向」的描寫。主角請勿含BL相關設定，配角為耽美BL設定請視劇情需要盡量輕描淡寫帶過。

★ 字數限制：每單冊7萬字～7萬五千字(計算方式以Word工具統計字數為主，含標點符號不含空白為準。)
稿件已完成之長篇作品，請投稿至少前三冊，並附上800字左右劇情大綱及人物設定，以供參考。
未完成創作中稿件，投稿字數最少為14萬字，並附800字劇情大綱及人物簡介。

★ 投稿格式：僅收電子稿，不收列印之實體稿件。

★ 一律使用.doc(WORD格式)附加檔案方式以E-mail投遞。且不接受.txt、.rtf等格式稿件，與直接貼於信件內的投稿作品。請將檔案整理為一個word檔投稿，勿將章節分成數個檔案投稿。

二、來稿請附：

★ 真實姓名、聯絡信箱、電話及作者的個人基本資料、個人簡介、800字故事大綱、人物設定，以上皆請提供word檔，若無完整資料，恕不受理。

三、投稿信箱：mikazuki@gobooks.com.tw

★ 標題請注明投稿三日月書版輕小說、書名、作者名或作者筆名。

★ 收到投稿後，編輯會回覆一封小短信告知，如3天內未收到編輯的回覆，請再進行確認喲。

★ **審稿期為30個工作天**，若通過審稿，編輯部將以email回覆並洽談合作事宜。

高寶書版集團
gobooks.com.tw

輕世代 FW048
歲時卷之陰陽關東煮 上
作　　者　逢時
繪　　者　Sawana
編　　輯　許佳文
校　　對　王藝婷、張心怡、賴思妤
美術編輯　陸聖欣
排　　版　彭立瑋
出　　版　英屬維京群島商高寶國際有限公司臺灣分公司
　　　　　Global Group Holdings, Ltd.
地　　址　臺北市內湖區洲子街88號3樓
網　　址　gobooks.com.tw
電　　話　(02) 27992788
電　　郵　readers@gobooks.com.tw（讀者服務部）
　　　　　pr@gobooks.com.tw（公關諮詢部）
傳　　真　出版部　(02) 27990909　行銷部 (02) 27993088
郵政劃撥　19394552
戶　　名　英屬維京群島商高寶國際有限公司臺灣分公司
發　　行　希代多媒體書版股份有限公司/Printed in Taiwan
初版日期　2013年9月

國家圖書館出版品預行編目(CIP)資料

歲時卷之陰陽關東煮 / 逢時著. -- 初版.
-- 臺北市 : 高寶國際, 2013.09-
面；　公分. -- (輕世代 ; FW048)

ISBN 978-986-185-885-2(上冊 : 平裝)

857.7　　　　102012799

三日月

三日月